ボディーガードは口説かれる

高月まつり

13892

角川ルビー文庫

JN266030

The bodyguard is persuaded

ボディーガードは口《く》説《ど》かれる

イラスト／蔵王大志

俺は今、世界で最も幸せな男だ。

VIPルームへ向かう通路を先輩《せんぱい》社員と歩きながら、村瀬《むらせ》智宏《ともひろ》は心の中で合掌《がっしょう》した。

クライアントの名は「レナード・パーシヴァント」。お忍《しの》びで日本へやってきた、三十歳にして世界中に熱狂《ねっきょう》的なファンを持つハリウッドスターだ。

一生分の幸運を今回で使い切ってしまったかもしれないが、それもまたよし。

智宏はクライアントへの熱い思いを心の中で呟《つぶや》く。

上流階級御用達《ごようたし》の高級宝飾《ほうしょく》メーカー「マーク・パーシヴァント」の御曹司《おんぞうし》として生まれたにも拘《かか》わらず、実力でのし上がったところがいいっ！　端整《たんせい》で上品な外見なのに、脚本《きゃくほん》が気に入れば汚《よご》れ役でも構わずやってしまうところに、こだわりと男気を感じる。ハッキリ言って格好《かっこ》いいっ！　軽はずみな行動と失言がなく、ファンを大事に思う発言が多い。外国人にしては謙《けん》虚《きょ》で腰《こし》が低い。それが一番いいっ！　男の理想だ。自己主張が激しい「俺様」は、俺の一番嫌《きら》いなタイプだっ！

彼のことを考えれば考えるほど、智宏の心臓は高鳴る。

智宏は、彼が出演しているDVDは、どんな端役《はやく》でも構わず購入《こうにゅう》した。ワールドプレミア試写会へ行くために、先輩諸氏に頭を下げて、彼らの持つ強力なセレブコネクションを使わせてもらってチケットを手に入れ、有給休暇《きゅうか》を取って海外へ行ったのも一度や二度ではない。当然、ファンクラブにも入っている。

同僚《どうりょう》から「その金額で家が建つ」と冗談《じょうだん》を言われるほど、智宏はレナード、通称《つうしょう》レオンに入れ込んでいた。

「おい村瀬。お前がレナード・パーシヴァントの大ファンなのは知っているが、公私混同はするなよ？　これは仕事だ」

隣《となり》を歩く高中紗霧《たかなかさぎり》に念を押され、智宏は静かに頷《うなず》く。

「俺たちの仕事は……」

「レオンが日本に滞在《たいざい》する間のボディーガード、です。分かっています」

「レオンではなく、ミスター・パーシヴァントだ」

紗霧は形のいい眉《まゆ》を顰《ひそ》め、智宏の胸を軽く叩《たた》いて訂正《ていせい》した。

「ミスター・パーシヴァントが許可してくだされば、レオンと呼んでも構わないと思いますが」

智宏は、自分より僅《わず》かに目線が上の紗霧を見つめ、言い返す。

「それにしても『ＩＡ』。心酔《しんすい》している俳優に会うファンは、みんなお前のように無表情なのか？　少しは楽しそうな態度を見せてもいいと思うんだがな」

ＩＡ、正式名称 ice arrowとは、冷たく鋭《するど》い言動の智宏に対して与《あた》えられた、ありがたくない称号だ。

身長は百七十八センチと入社規定ギリギリの身長だが、均斉の取れたしっかりとした体軀《たいく》。意志の強そうなきりりとした眉に切れ長の二重《ふたえ》。嫌《いや》みにならない程度に高い鼻、形のいい唇《くちびる》。澄《す》ましていれば「クールビューティー」で通るのに、冷ややかな突《つ》っ込みが相手の心を激しく痛めつけるので、「氷の矢だな→英語だとice arrow→長いから略せIA」と安易に決まってしまった。ちなみに紗霧は、クライアントへの忠実さ具合いからか、百八十センチの長身が大型犬を思わせるのか、後輩からは陰《かげ》で「ワンコ先輩」と呼ばれている。

「先輩、言っていることが矛盾《むじゅん》しています。それに俺の名前は村瀬智宏であって、IAではありません」

こんなに嬉《うれ》しがっているのに、先輩にはまったく分からないのか？　それとも、もっと行動で表した方がいいんだろうか……？

智宏は、両手を振《ふ》り上げて「ヒャッホウ」と叫《さけ》んでいる自分を想像したが、そんなことは恥《は》ずかしくて、とてもじゃないができない。

「バカ、わざと言ってるんだ。本当にお前は、表情が乏《とぼ》しいヤツだな」

「喜怒哀楽《きどあいらく》が激しくては、ボディーガードなど務まりません」

「俺が言いたいのはそういうことではなく……」

「私語は慎《つつし》んでください。もう、彼の部屋の前です」

智宏は目当てのドアの前で立ち止まると、胸にそっと手を当てた。

後輩に生意気なことを言われた紗霧は、文句を言おうと口を開きかけたがやめる。

智宏もドアをノックしようとした手を引っ込め、眉を顰めた。

部屋の中から英語の怒鳴《どな》り声が聞こえてくる。しかも内容は、放送禁止用語を連発した罵詈《ばり》雑言《ぞうごん》だ。詳細《しょうさい》は分からないが、どうやら同行の人間に対して不満を言っている。

「なんだ？　あの、下品なスラングシャウトは……」

「レオン……レナード・パーシヴァント様ですね。『サイレント・プレイス』での、刑務所《けいむしょ》帰りのやさぐれ青年役を彷彿《ほうふつ》させるシャウトです」

こ…これはレオンの生声《なまごえ》か？　そうだな？　生声だな？　レオンの生声を早くも聞いてしまったっ！　俺の耳にハリウッドスターの生声が鳴り響《ひび》くっ！　神様ありがとうございます。俺は今、猛烈《もうれつ》に感動してますっ！　やはりレオンは最高だっ！

智宏は、その冷静な表情からは読み取れないが、感動のあまりそのまま空を飛んでいきそうな気分になった。

そして早く本物に会いたいとドアをノックする。

シャウトはやんだが、返事がない。

智宏と紗霧は顔を合わせて首を傾《かし》げ、今度は紗霧がドアをノックした。

「はいはい！　お待たせしましたっ！」

ドアを開けた男性が、苦笑《くしょう》を浮《う》かべたまま言った。

どこから見ても外国人にしか見えないのに流ちょうな日本語を話され、智宏と紗霧は内心驚《おどろ》く。だがすぐに、仕事モードに戻《もど》った。

「ガーディアン・ローブ日本支社からまいりました。私は高中紗霧、そして彼は村瀬智宏と申します」

そっちが日本語なら、こっちも日本語で返そう。

紗霧は「相手の確認《かくにん》をする前に、ドアを開けたら危険だろうが」と思いつつ、ジャケットの内ポケットから顔写真入りの社員証を取り出して見せ、自分たちの所属会社と名を告げる。

智宏も社員証を取り出して彼に見せた。

「私はロラン・ベルナール。レオンのエージェントをしている。さっそく君たちをレオンに紹《しよう》介《かい》しよう。こっちに来てくれ」

「はいベルナール様」

「私は様付けで呼ばれるような立場じゃないよ。ロランと呼び捨てで構わない」

ロランは親しみを込《こ》めて紗霧の肩《かた》を叩いた。

「ですが……」

「承知いたしました」

渋《しぶ》る紗霧の横で、智宏が冷静に言う。

「おい、村瀬」

「先輩、クライアントの要望です」

ベルナール様がロランだろ？　ということは、パーシヴァント様がレオンになる可能性もあるということだっ！　だったらここは是非《ぜひ》とも「イエス」と言わねばっ！

智宏は熱い胸の内をクールな表情で隠《かく》し、紗霧を一瞥《いちべつ》した。

紗霧は一瞬《いっしゅん》眉を顰めたが「承知しました」と言い直す。

「それはよかった。レオン！　ボディーガードが到着《とうちゃく》したぞっ！　いい加減、機嫌《きげん》を直せ！」

ロランは奥の部屋に足を向けながら大声を出した。

「どこの誰《だれ》が機嫌が悪いって？　あこがれの日本にようやく来られたというのに、機嫌が悪いわけがないじゃないか」

レオンはTシャツにジーンズというラフな格好でソファに腰を下ろし、長い足を組んで優雅《ゆうが》に微笑《ほほえ》んでいる。

その笑顔は、雑誌やテレビのインタビューに答えているときと全く変わらない。

国内外の有名女性誌で「一晩中見つめられたい瞳《ひとみ》」「もっとも唇がセクシーなスター」と、女性ファンから圧倒的《あっとう》な支持を受けている。深いブルーの瞳と少し厚めの唇が、彫《ほ》りの深い端整な容姿の中でひときわ目立つ。彼は手入れの行き届いた金茶の髪《かみ》を掻《か》き上げ、いたずらを仕《し》掛《か》けた子供のように無邪気《むじゃき》な表情でロランを見た。

「あー……了解《りょうかい》。分かったよ。そういうことにしておこう。彼らは君のボディーガードだ。それにしても東洋人は、顔が若いというかなかなか老《ふ》けないというか……。男性だから、年齢《ねんれい》を聞いてもいいだろうか？」

ロランの笑みに、紗霧は小さく頷いて「私は二十九歳で、彼は二十四歳です」と苦笑《くしょう》混じりに答える。

レオンは「ティーンエイジャーでも通るんじゃないか」と呟《つぶや》き、ロランと顔を見合わせて笑った。

「高中紗霧と申します。よろしくお願いします」

「こちらこそよろしく頼《たの》むよ。サギリ」

紗霧はすんなり自己紹介をし、レオンと握手《あくしゅ》まで交《か》わしたのに、智宏は何もできずに突っ立っていた。

彼は、レオンの日本語に感動していたのだ。

レオンの日本語ーっ！　すっげー上手《うま》い日本語っ！　ハリウッドスターなのに、英語圏《けん》の人間なのに、なんでそんなに日本語が上手いんだよっ！　俺、感動で泣きそうっ！

智宏は、紗霧に肘《ひじ》で小突かれても反応を示さず、じっとレオンを見つめた。

レオンもまた、智宏だけを見つめている。

「顔写真が載《の》っていた名簿《めいぼ》だけで選んだのだが……」

レオンはゆっくり立ち上がると、首を左右に振って苦笑した。優雅で上品な仕草は、カメラの前で演技をしているのかと思うほど完璧《かんぺき》だ。

「実物にかなうものはない。最高だ」

彼は右手の拳《こぶし》を握《にぎ》りしめて「yes」と呟き、いきなり智宏を抱《だ》きしめる。

「俺のことはレオンと呼べ。命令だ。それ以外の名で呼んだら許さない。両親に日本語を勉強しておけと言われたときには『なぜ俺が』と怒《おこ》ったものだが、そうかなるほど。この日のための準備だったのか。素晴《すば》らしい黒髪、愁《うれ》いを含《ふく》んだ黒い瞳。俺は昔から、オリエンタルでエキゾティックな黒髪黒目に弱いんだ。ついでに、気の強そうな挑戦《ちょうせん》的な視線もいい。思い切り苛《いじ》めて泣かせたくなってしまう。ガーディアン・ローブは美形の社員を揃《そろ》えていることで有名なのは知っていたが、ここまで素晴らしい人材を揃《そろ》えているとは思わなかった。ああ、なんて触《さわ》り心地《ごこち》がいい体なんだ……。しなやかな筋肉。早くスーツの下が見たい……っ！」

問題発言ばかりで、どこから突っ込んでいいか分からない。

ロランは智宏からレオンを引きはがそうと、彼の体を羽交《はが》いじめにして引っ張る。だが、鍛《きた》え抜《ぬ》かれた長身はびくともしなかった。

智宏はレオンに抱きしめられたまま、感動と衝撃《しょうげき》で固まっている。

「レオンっ！　相手はボディーガードだぞっ！」

「それがなんだと言うんだ？　俺は異国の地で理想の相手に出会ったんだ。同性なのが玉に瑕《きず》だが、これも神が俺に与《あた》えたもうた試練と思えばいい。…ふっ。俺の本当の人生は、今ここに誕生した。こんにちは新たな運命。さようなら、昨日までの俺」

大変流ちょうな日本語ですが、使い方が気持ち悪いです。

紗霧は心の中でこっそり呟くと、固まったまま微動《びどう》だにしない智宏の首根っこを掴《つか》み、力任せに引っ張った。

「仕事を忘れるな」

馬鹿力《ばかぢから》で引っ張られレオンの腕《うで》の中から脱《だつ》した智宏は、呆然《ぼうぜん》としている。

「おい、村瀬。戻ってこーい」

紗霧は片手で、ペチペチと智宏の頬《ほお》を叩《たた》いた。

「…………え？　は？」

我に返った智宏は、自分の頬を叩いている紗霧の手をさっと避《さ》け、逆に彼の手首を摑んで動きを止める。

「これが会社なら、訓練の成果が出ていると誉《ほ》めてやるところだが、あいにくここは会社じゃない。醜態《しゅうたい》をさらすな。会社の信用が落ちる」

しかめっ面《つら》の紗霧に低い声で言われ、智宏はようやく事態を把握《はあく》した。

「も、申し訳ありません」

ハリウッドスターにハグされたのは感動したっ！　いい香《かお》りがしたな。どこの香水《こうすい》を使ってるんだろう。凄《すご》く気になる……じゃないっ！　あの気味の悪い台詞《せりふ》はなんだ？　日本語が話せればいいってもんじゃないぞっ！　パパラッチにさえ、苦笑を浮かべて手を振《ふ》る穏《おだ》やかさと上品さは、表向きの表情か？　おいっ！「あいつはゲイだ」と噂《うわさ》をされて、やっと一人前のセレブになるんだと海外ドラマの台詞にあったが、それは噂だからいいのであって、本物はダメだろうっ！

智宏は、その場にしゃがみ込みたいのを必死で堪《こら》え、震《ふる》える足に力を込めた。

一方レオンは、ロランに羽交いじめされたまま「俺の情熱的な告白を邪魔《じゃま》するな」と怒っている。

「いきなりカミングアウトをするなっ！　まずエージェントの私に言うのが筋だろうがっ！　しかも会ってすぐの相手にっ！」

「会ってすぐだと？　バカを言うな。顔写真入りの名簿で、トモの顔はちゃんと見た。記載《きさい》されていたスリーサイズと趣味《しゅみ》もしっかり記憶《きおく》している」

ボディーガードは全員男なんですけどっ！

智宏と紗霧はたった今、クライアント用の名簿に自分たちのスリーサイズまで記載されていることを知り、二人仲良く心の中で突《つ》っ込んだ。

「とにかく黙《だま》れ。頼むからこれ以上醜態をさらすなっ！　お前はハリウッドスターなんだぞっ！『ビクトリアの森』でアカデミー助演男優賞を獲《と》ったことを忘れるなっ！」

ロランは奥の手を出したが、それは逆に火に油を注ぐこととなる。

「何を言うかっ！」

レオンは力任せにロランを振り払《はら》い、智宏の両手を自分の両手でしっかりと握りしめた。

「この情熱と欲望の前では、アカデミー賞など塵《ちり》も同然。俺はトモを諦《あきら》めるつもりは全くない」

「パーシヴァント様」

俺はあんたの大ファンだが、ゲイじゃないっ！　ストレートだっ！

ついさっきまで「レオンと呼べるかも」と心の中で浮《う》かれていた智宏は、クールダウンするどころか北極の風のように冷ややかに鋭《するど》い空気をまとう。

「ノーノー。パーシヴァントではない。レオンと呼べ。俺の可愛《かわい》いトモ」

無言で首を左右に振る智宏の横で、渋《しぶ》い顔をしていた紗霧が口を開いた。

「ガーディアン・ローブでは、クライアントとボディーガードのプライベートな接触《せっしょく》は社則で禁じられています。これを無視すると、よくて減給の上、再辞令があるまで無期限内勤。最悪の場合は解雇《かいこ》となります」

「いいじゃないか。解雇されろ。そしてアメリカに来い。俺と一緒《いっしょ》に暮らそう」

「馬鹿《ばか》を言うなっ!」

「解雇されるなんて恥《は》ずかしい真似《まね》はできません」

レオンのひどい提案に、ロランと智宏の声が重なる。

しかも智宏は、冷ややかな視線でレオンを睨《にら》んでいた。

「そんな難しく考えることはないだろう? もっと気楽に行かないと皺《しわ》と白髪《しらが》が増えるぞ? そうなったら、可愛い顔が台無しだ、トモ」

「私は村瀬智宏です。トモではありません」

「いや……それは別にいいんじゃないか?」

「先輩《せんぱい》?」

何を言ってるんだ? このワンコ先輩はっ! ワンコのくせにっ!

智宏は紗霧に「裏切り者の視線」を投げかけ、頬を引きつらせた。

「要は、仕事に支障をきたさなければいい。名前を略して呼ばれるくらい、どうってことはないだろう？　村瀬。むしろ俺は、ロランさんと今後のことをしっかり話し合いたい」

それに「ＩＡ」が慌《あわ》てふためく姿なんて、滅多《めった》に見られないから面白《おもしろ》い。

紗霧は心の中で思っていることをおくびにも出さず、先輩社員らしくその場を収めようとした。

「そ……そうだね。ここで騒《さわ》いで時間を潰《つぶ》すよりも、今後の計画を話し合う方が先だ。レオン、日本で何がしたいか考えてきたか？」

「愛をはぐくむ。それ以外の何をしろと？」

ロランはレオンの言葉をきっぱりと無視をして、紗霧に尋《たず》ねる。

「お忍《しの》び旅行とはいえ、一ヶ月も滞在《たいざい》するんだ。やはり東京タワーと浅草寺《せんそうじ》は押さえておいた方がいいと思う。あとは皇居？　日本料理を食べに行きたいんだが、手配はできるかい？」

「はい、できます」

「俺は、トモが一緒にいてくれるならどこへでも行こう」

レオンは智宏を熱い視線で見つめながら、ソファに腰《こし》を下ろしてリクエストした。

「日本では、パパラッチよりもファンの熱烈《ねつれつ》な行動に気をつけた方がいいですね。グルーピーが部屋まで押しかけることがあります」

智宏は冷静な表情でレオンの言葉を無視し、ロランに忠告する。

「了解《りょうかい》。レオンは来年に大作が控《ひか》えているから、余計な騒ぎは起こしたくない」

「つまり」

智宏はレオンを一瞥《いちべつ》してからロランに視線を向け、言葉を続けた。

「大人しく地味に、波風立てず、こっそりと日本観光をするということですね」

そして、俺がこれ以上あんたに幻滅《げんめつ》する前に帰国してくれ。今ならまだ、イメージ修正ができる。頼《たの》むから、これ以上「俺のレオン」から遠くへ行くなっ！

智宏は心の中で両手を合わせ、首を小さく左右に振った。


皇居に近い一流ホテルの、見晴らしのいい最上階。

ロランはレオンのために、その最上階フロアを全《すべ》て借りていた。

「後ろめたいことなど何もないのに、なんでホテルの裏口から入らなきゃならなかったんだ？」

支配人に案内され、こそこそと隠《かく》れるように部屋まで来たのが気に入らなかったらしい。レオンはソファに座りもせず、パーティー会場のように広いリビングの真ん中で腕を組む。

既《すで》に荷物は運び込まれていて、子供がすっぽり入れる大きさの有名バッグメーカーのトランクがいくつも並べられていた。

「あなたの存在を知っているホテル関係者を、必要最小限にとどめておくためです。レナード・パーシヴァント様が宿泊《しゅくはく》しているのを知っているのは、支配人と数名のスタッフ、そしてバトラーだけです」

智宏はそう言って、部屋の中をチェックしている紗霧の元に向かう。

「ガーディアン・ローブの危険物捜査《そうさ》班が入ったあとだから、形式だけのものだが……」

「時間の無駄《むだ》ですが、私たちが目の前で盗聴器《とうちょうき》や隠しカメラをチェックする姿に、クライアントは安心しますからね」

冷ややかな口調で呟《つぶや》く智宏に、紗霧は視線を移した。

「なんですか？　先輩」

「お前って、凄い人間のファンなんだな」

「……ヘタをすると、過去形になりそうです」

「普通《ふつう》は、物凄く好きなら、多少想像と現実のギャップがあっても、ファンはやめないんじゃないか？」

「先輩は分かっていません」

男が男に惚《ほ》れるっていうのがどれだけ大事なことかっ！　レオンは、今までノホホンと映画を観《み》ていた俺が、初めてファンになったスターなんだっ！　品行方正でスキャンダルなし。資産家の息子《むすこ》なのに、地道にキャリアを重ねて、今の地位に自力で辿《たど》り着いた男。いやむしろ、この場合は漢字の漢と書いてオトコと読みたいっ！　だから、その素晴《すば》らしさを台無しにする行為《こうい》は絶対にしてほしくないんだっ！

智宏は僅《わず》かに眉間《みけん》に皺を寄せ、ため息をついて首を左右に振った。

「別に分からなくてもいい。とにかく、仕事だけはちゃんとやれ。上手《うま》くいけば、お前の顧客《こきゃく》になる」

「……どうでしょう」

二人はリビングをあとにして、バスルームとベッドルームへそれぞれ向かった。


「熱心なのは嬉《うれ》しいけれど、もっと私たちとコミュニケーションを取ってほしいな」

ロランは苦笑《くしょう》すると、ルームサービスで頼んだ紅茶をローテーブルに置いた。

智宏と紗霧は彼らの向かいのソファに、居心地《いごこち》悪そうに腰を下ろしている。

上司が見たら「お前ら、何やってんだーっ！」と気持ちよく怒鳴《どな》ってくれただろう。それくらい、この状況《じょうきょう》はありえなかった。

「所定の位置についている方が落ち着きます」

智宏の言葉に、紗霧も小さく頷《うなず》く。

「そんなことを言うな。トモにはボディーガードだけでなく、添乗員《てんじょういん》もしてもらう。もちろん、ベッドの中でもだ」

あんたは黙れ。というか、ベッドの中の添乗員とはなんだ？

智宏は心の中で激しく突っ込むと、端整《たんせい》なレオンの顔をキッと睨んだ。

「村瀬でよろしければ、ベッドの中以外はどうぞ思う存分使ってください」

「そうか、思う存分か。よし任せろ。この俺が、手取り足取り腰取り、事細かく使ってやる」

ふざけるな、変態セレブっ！

怒鳴りたいのに怒鳴れない智宏は、心の中でシャウトするしかない。

「私たちはクライアントとのプライベートな交際は……」

「前例がないなら作ればいい。パンがなければクッキーを食べ、ライスがなければパスタを食べる。それと同じだろう？」

「全く違《ちが》います」

間髪《かんはつ》入れずに突《つ》っ込みを入れる智宏の足を、紗霧が慌てて踏《ふ》んづけた。

つま先を、しかも捻《ひね》りを加えられて踏まれたので物凄《ものすご》く痛かったが、智宏は堪《こら》える。

「日本語がお上手なのはよく分かりましたので、話を変えてもよろしいでしょうか？　最上階を全て貸し切りなのは了解しました。パーシヴァント様が宿泊されるのはこの部屋、ロランさんはどちらの部屋に？」

智宏は視界にレオンを入れないよう努力しながら、ロランに尋ねる。

「私は廊下《ろうか》を挟《はさ》んだ向かいの部屋を使わせてもらうよ」

「おいちょっと待て。なんでロランは『ロランさん』で、俺は『パーシヴァント様』なんだ？　レオンと呼んでいいと言っただろう？　なぜ他人行儀《たにんぎょうぎ》な言い方をする」

俺たちに血の繋《つな》がりはないから、他人行儀でオッケー。と言うか、他人行儀なんて言葉を知っているとは驚《おどろ》きだ。

智宏は、心の中で突っ込みを入れたり感心したりと忙《いそが》しい。

「私たちはどの部屋に待機しましょうか？　パーシヴァント様の隣《となり》の部屋か、もしくは、エレベーターに一番近い部屋がベストだと思いますが」

彼はレオンの言葉を無視して、ロランに話しかける。紗霧は先輩《せんぱい》らしく、偉《えら》そうな顔で後輩の言動をチェックしていた。

「レオンの隣の部屋がいいんじゃないかな」

「トモは俺の部屋に待機しろ。命令だ。ベッドルームは貸すほどある」

「申し訳ありませんが、そのお気持ちだけちょうだいします」

「曖昧《あいまい》な言い方をするな。イエスかノーか、ハッキリしろ」

「ノーです」

俺は、あんたに対する幻滅を最小限に抑《おさ》えたいんだっ！　ノーに決まってる。

智宏はしかめっ面で即答《そくとう》する。

「ロラン。話には聞いていたが、日本人は本当にシャイだな。本当は俺と同じ部屋にいたいが、他人がいるから恥《は》ずかしくて返事ができないそうだ」

レオンは自信たっぷりの口調で、ロランに微笑《ほほえ》んだ。

それ、違うからっ！　ったく。勝手に自分の都合のいいように解釈《かいしゃく》しやがって。

智宏の周りの温度だけ、一気に冷ややかになる。

紗霧は彼の冷気をものともせずに、人なつこい笑《え》みを浮《う》かべて言った。

「了解《りょうかい》しました。では村瀬をこの部屋に待機させます。観光について分からないことがありましたら、何でも彼に聞いてください」

またしても裏切り者め。先輩に録画を頼まれていた、「昼の奥様劇場・愛の回転木馬」の最終回を、あとでバラしてやる。

智宏は鉄仮面を被《かぶ》ったように表情を変えないまま、心の中で紗霧に呪《のろ》いの言葉を呟いた。

ロランはボスに連絡《れんらく》をすると言って自分の部屋へ行き、紗霧もレオンの隣の部屋に移った。

広々としたリビングに残された智宏は、レオンの熱い視線を避《さ》けるように、ソファセットの周りをうろうろと歩き回っている。

「落ち着きのないボディーガードだな。しかしそんなところが可愛《かわい》らしい。俺を意識しているんだろう？　思う存分意識しろ。そして、俺に恋《こい》をするがいい」

レオンはそう言って優雅《ゆうが》に両手を広げるが、智宏は冷ややかに一瞥しただけで、すぐに顔を窓の外に向けた。

「この俺が直々に、お前をボディーガードにと指名したんだぞ？　嬉しくないのか？」

「指名の連絡を受けたときは、とても嬉しく思いました。ですが……」

俺の好きな、尊敬するに値《あたい》するレオン像に思い切りヒビが入った。

智宏は、さすがに全部は言えず口を噤《つぐ》む。

レオンは首を傾《かし》げて立ち上がると、ゆっくりと智宏に近づいた。

智宏は、レオンが近づいた分だけ遠ざかる。

それを何度か繰《く》り返しているうちに、智宏はリビングの隅《すみ》に追いつめられてしまった。

「日本人はコーナーが好きだというのは、本当の話だったんだ」

「全部が全部そうだとは限りませんが、私は落ち着き……ではなく。なぜ迫《せま》ってくるんですか？」

これ以上近づかれたら、顔が赤くなるからやーめーろー。

しかし智宏は、ここで視線を逸《そ》らしたら何かに負けるような気がして、レオンの青い瞳《ひとみ》と対《たい》峙《じ》した。

「さっきの続きが聞きたい」

「大したことではありません」

「それを決めるのは俺だと思うんだが」

「……率直《そっちょく》な意見を申し上げてもよろしいですか？」

「許す。言ってみろ」

あくまで尊大な態度を崩《くず》さないレオンは、智宏の頭を挟むように両手を壁《かべ》について、彼の逃《に》げ道を塞《ふさ》ぐ。

「ありがとうございます。では遠慮《えんりょ》なく言わせていただきます」

「俺が感動するような熱烈《ねつれつ》な言葉で言え」

「『E!』や『アクターズスタジオインタビュー』、『ショウビズ・トゥデイ』じゃ、他人を思いやり心に染《し》みる言葉を言ったり、うっとりするような上品な笑顔を浮かべていたくせに、何で今はこんなにも俺様バカ殿様《とのさま》悪代官な態度と口調なんだ？　記者やカメラマンに見せていたスマートな態度は、アレはウソか？　俳優だけに演技が上手いって？　おいこら、ファンをバカにするのもいい加減にしろ。俺はな、デビュー作の『メアリー・アンダー・ザ・ローズ』から去年のクリスマスに公開された最新作『ドント・クライ・ミスター』まで、一作につき二十回は観《み》てるんだ。パンフレットに前売り券の半券、グッズもコンプリートした。DVDも全《すべ》てのバージョンを揃《そろ》えた。ファンクラブにだって入ってる。『ビクトリアの森』のロンドンプレミアにも行った。今回のボディーガードの件も、先輩の目を盗《ぬす》んで絶対にサインをもらおうと、こうして色紙まで用意したんだ。なのに、俺の前に現れたのは、いいのは顔だけのダメ俳優だ。しかもゲイかよ。カミングアウトなんてするな。自分の性的嗜好《しこう》は、ファンのために一生心の中にしまっておけ。このバカ外国人。俺の理想とするレオンを返せってんだ。呪《のろ》うぞ」

　智宏は冷静に、だが物凄い早口で一気に言うと、ジャケットのポケットから、ハート形の小さな色紙とマジックを取り出した。

　レオンはしばらく神妙《しんみょう》な顔で智宏を見ていたが、苦笑して首を横にちょこんと傾《かたむ》ける。

「そこまで早口で言われると、いくら日本語の読み書きができる俺でも聞き取れない」

「ただ、トモが俺の熱烈なファンというのは、よーく分かった。サインだけでいいなんて謙虚《けんきょ》なことを言うな。もっといいものをくれてやる」

「一緒《いっしょ》に写真を撮《と》るとか……？」

「バカ。俺の愛だ」

そんなものはいらんっ！

智宏は心の中で激しくシャウトするが、レオンは右手で彼の頬《ほお》をそっと撫《な》で、顔を近づける。

その途端《とたん》、考えるより先に智宏の体が動いた。

左手でレオンの右手首を摑《つか》んで捻《ひね》ると同時に、右肘《みぎひじ》で彼の喉《のど》を押さえ、素早《すばや》く足を払《はら》う。

「うわっ！」

レオンを床《ゆか》に俯《うつぶ》せにして右手を捻り上げ、智宏は彼の背を片膝《かたひざ》で押さえ込んだ。

流れるような一連の動作は感心に値するが、今のレオンはそれを誉《ほ》める余裕《よゆう》はなかった。

「クライアントにっ……こんな……っ……乱暴な、真似《まね》を……しても、いいと……思っているのか……っ！」

レオンは、捕縛《ほばく》された犯罪者のような格好で呻《うめ》く。

「申し訳ありません。訓練されているので、条件反射で行動しました」

「さっさとどけっ！　重いっ！　カメラが回ってない場所で、こんな無様な格好をするなんて初めての上に最悪だっ！　おいお前、俺が受けた精神的屈辱《くつじょく》に対して責任を取れっ！」

悪いのは俺じゃなくてあんたの方……。

そう言いたかったが、対等な立場でない以上、智宏の方が分が悪い。

彼はレオンの上からどくと、そのまま三メートルほど離《はな》れた。大して困っているように見えないが、それでも智宏は大変焦《あせ》っていた。

「……申し訳ありませんでした」

レオンはのろのろと立ち上がり、両手で前髪《まえがみ》を乱暴に掻《か》き上げる。

「つまらなそうな顔でボソボソ言われても、俺のハートには響《ひび》かない」

「これでも精一杯《せいいっぱい》、申し訳ないと思っています」

「そんな冷静な声では思いやりが感じられない。だいたいお前は、表情が乏《とぼ》しすぎるんだ。嬉《うれ》しいときには嬉しい顔、申し訳ないと思ったときには、ちゃんと申し訳ない顔をしろ」

表情が乏しい。

智宏は物心がついたときから、両親を含《ふく》む周りの人間からさんざん言われてきた言葉だ。

心の中ではオーバーなくらい喜怒哀楽《きどあいらく》を表現しているのだが、中身と外見が上手《うま》い具合いに繋《つな》がっていないらしく、いい言い方をすると「クール」、身も蓋《ふた》もない言い方をすると「無表情」。この「回路断線」のせいで、智宏は今まで何度も苦渋《くじゅう》を嘗《な》めてきた。

「どうすれば、申し訳ない顔になるんでしょう」

「は？」

真面目《まじめ》な顔で尋《たず》ねられたレオンは顔をしかめるが、次の瞬間《しゅんかん》「ぷっ」と吹《ふ》き出す。

俺はそんな変なことを言ったか？　なんで笑われるんだ？　行動が予測できない。

智宏はレオンを見つめたまま、僅《わず》かに首を傾げた。その可愛らしさは罪だ。責任を取ってキスをさせてもらう」

「いや……トモは可愛いなと思ったんだ。その可愛らしさは罪だ。責任を取ってキスをさせてもらう」

責任の所在と言葉の意味が間違《まちが》ってると思うんだが、俺の勘違《かんちが》いかっ？

再びレオンの右手が智宏に伸《の》びてくる。

「責任は別の機会に違う形で取りますので、嫌《いや》がらせはやめてくださ……」

智宏は最後まで言えずに、目を丸くした。

さっきと同じようにレオンの右手首を掴んで動きを押さえようとしたのに、なぜか自分の左手首が掴まれている。

「おお。目が大きくなった。もしかして驚《おどろ》きの表情か？」

レオンは智宏のもう一方の手首も素早く掴み、感心した声を出した。

「ええ。そして、自分は訓練不足だろうかと動揺《どうよう》しています」

「パーシヴァント家の人間は、幼い頃《ころ》から護身術を習っているんだ。『マーク・パーシヴァント』の息子にして、この素晴らしい顔だろう？　どこで大変な目に遭《あ》うか分からない。ボディーガードだけに任せず、自分でも努力するよう教え込まれている。日本では確か……杖《つえ》を持って歩けと言うんだよな？」

「言いたいことは分かりますが、正確には『転ばぬ先の杖』です」

「転ばにゅ先の杖」

「転ばぬ、です。『にゅ』ではなく『ぬ』」

「日本語の発音はどうでもいい。今の俺たちに会話はいらない。見つめ合えば全てが分かる」

確かに俺は、あんたが何をしたいのかよーく分かるっ！　嫌というほど分かるっ！　だがあんたは、俺が嫌がってることを分かってないだろうっ！　あんたの愛は、一方通行なんだっ！

智宏は、最悪は減給内勤を覚悟《かくご》で、レオンの腹に蹴《け》りを入れてでも非常事態を逃《のが》れようと腹をくくる。

「大役のオーディションを受けるときみたいに緊張《きんちょう》してる。ますます可愛《かわい》い」

「私はストレートですので、ゲイに強引《ごういん》に迫られれば緊張します」

「俺はゲイじゃない。気に入ったものなら、人だろうが物だろうが遠慮せずに手に入れるというだけだ」

「……今の言葉を聞くと、雑誌やファンクラブ会誌のインタビューで語っていた『ファンのみんなが楽しんでくれれば、私はそれで満足だよ。他《ほか》の物は何もいらない』という謙虚な記事は、全くのウソということになりますが」

「ファンが喜んでくれれば満足というのはウソじゃないが、それ以外の本音なんぞ誰《だれ》が語るか。俺は家族とエージェントの前以外では『レオン』を演じている。猫《ねこ》を齧《かじ》るというやつだ」

「それを言うなら、『猫を被《かぶ》る』です」

即座《そくざ》に訂正《ていせい》されたレオンは、ムッとした表情を見せて「可愛くない」と呟《つぶや》く。

「それで結構。私から離れてください」

「嫌だ」

レオンの内なる声が、「アクション！」と叫《さけ》んだ。

彼はニヤリと意地悪く微笑《ほほえ》んだかと思うと、いきなり智宏の唇《くちびる》に自分の唇を押しつけた。

「ん、んーっ！」

ギャーッ！ なんで俺にキスをするっ！ ハリウッドスターにキスをされるなら、美人女優がいいっ！ 俺はノーマルな男だっ！

智宏は心の中で女性の好みを叫んでこの状態から逃れようと懸命《けんめい》にもがくが、相手の方が何枚も上手だった。

抵抗《ていこう》をやめさせるには気持ちよくすればいいとばかりに、舌で智宏の口腔《こうこう》を、宥《なだ》めるように優《やさ》しく愛撫《あいぶ》していく。

畜生《ちくしょう》っ！ なんで外国人はキス慣れしてるんだよっ！ 上手いじゃないかっ！ そして俺はヤバイじゃないか……っ！ 仕事中なんだぞ俺はっ！

抵抗したい。いやしなければ。だが智宏は、レオンのキスの前に陥落《かんらく》する。

口腔を愛撫されているだけなのに、下肢《かし》に熱い濁流《だくりゅう》が溜《た》まり、もう立っていられない。

スーツの上からでも、そこが快感に反応しているのがよく分かる。

レオンは、抵抗をやめた智宏の腰《こし》に左手を回し、引きしまった腰を片手で難なく抱《だ》きしめる

と、右手で彼の顎《あご》を捉《とら》え、優しく甘いキスを繰《く》り返した。

彼は最後にわざと音を立てて唇を離し、智宏の表情を観察する。

唇は唾液《だえき》で濡《ぬ》れ、目尻《めじり》は仄《ほの》かに赤く染まっていた。レオンと視線を合わせたくないのか、閉じた目を開かなかった。

「こんな軽いキスで欲情してしまうなんて驚きだ。これ以上のことをしたら、トモはどうなってしまうんだろう」

声は優しいが、からかいを含んでいた。

「これ以上のことなど……誰がしますか」

こいつと俺は、人間としてのパーツは全く同じなのに、人種が違うと感じ方も違うのか？　危なかった。これ以上続けられていたら……考えるのも恐《おそ》ろしい。

智宏は火照《ほて》ってしまった体を持て余しながら、切なげに眉《まゆ》を寄せた。

「そう言っていられるのも今のうちだ。俺は、ほしいと思ったものは必ず手に入れると言っただろう？」

レオンは智宏の顎を捉えていた右手を離すと、指先でそっと彼の頬を撫でる。

「相手の気持ちも考えてください」

もうヤダ、こいつ。俺はこんな男のファンをしていたのか？　こんな、初対面の男にいきなり抱きついて「愛」を連発する軽薄《けいはく》で自分勝手な男を、「すげ。レオン格好いい。俺が理想とする男だ」と、崇拝《すうはい》していたのか？　俺はとんでもない大バカだっ！

ここに紗霧がいたら「理想は理想！　現実は現実！」と、自分の人生経験から言い切ったことだろう。

「相手の気持ち？　なんだそれは。俺はプライベートでは自分が最優先だ」

誰かこのバカ男を、アメリカに送り返せ。

智宏はそっぽを向いてため息をついた。

「もう表情が元《もと》に戻ってる。ついでにココもだ。トモは表情が乏しいだけでなく、感度も悪いのか？　もったいない」

レオンに膝《ひざ》で股間《こかん》を触《さわ》られ、自分が壁《かべ》に押しつけられていることを忘れた智宏は、慌《あわ》てて後ろに下がろうとして後頭部を強打する。

鈍《にぶ》くて大きな音が響き、智宏は低いうめき声を上げた。

「ああもう。バカだなあ」

レオンは笑いながら、智宏の額を自分の肩《かた》に押し当て、強打した後頭部を優しく撫《な》でてやる。

「あなたが変なことをしなければ……無事でした」

「はいはい。一ヶ月の滞在《たいざい》だから、いきなり全てを奪《うば》うのではなく、地道に攻略《こうりゃく》していこう」

「断固、阻止《そし》します」

「床《ゆか》に押さえつけられるようなミスは、もうしないぞ？」

智宏の頭を撫で、レオンは苦笑《くしょう》する。

「もしやあなたは、ボディーガードなど本当は必要ないのでは？」

脳が前後左右に揺《ゆ》れるような感覚から脱《だつ》した智宏は、相手を刺激《しげき》しないようゆっくりと体を離《はな》して、素朴《そぼく》な疑問を呟いた。

「ああ。行き先が日本だから、アメリカほど無謀《むぼう》なファンはいないだろうと言ったんだが、ヴァンが許さなかった」

「ロランさんが所属しているヴァン・スミス・エージェンシーの代表、ヴァン・スミス氏ですね。あなたの最初のエージェントで、今では業界の重鎮《じゅうちん》」

「よく知ってるな」

「ファンとして当然です」

言ったあと、智宏は非常に後悔《こうかい》した。

俺、もうこいつのファンをやめるのにっ！　何を自慢《じまん》げに言ってるんだよ、俺のバカっ！

これ以上失態を重ねてどうするっ！

案の定レオンは、嬉《うれ》しそうな顔で微笑《ほほえ》んでいる。

彼は、智宏が床に落としたまま放《ほう》っていたミニ色紙とマジックを拾い上げると、慣れた手つきでサインをした。

「俺は滅多《めった》なことではサインはしないが、トモは別だ。俺のジャパニーズ・ラバーのためなら、何枚でも書いてやる」

智宏はどこをどう突《つ》っ込んでいいのか分からないまま、レオンから色紙を受け取る。

ほんの数時間前までは、喉《のど》から手が出るほどほしかったものだが、今となってはゴミにも等しい。

　そのはずなのに。理想のスター像をことごとく破壊《はかい》してくれた相手なのに。いざレオン直筆のサインを手にすると、嬉しくてたまらない。顔には全く出ないが、智宏は「サインもらっちゃった！」と無性《むしょう》に誰かに自慢したくなった。

「嬉しくないの？」

「いいえ」

「プレゼントのやり甲斐《がい》のないヤツだ」

「申し訳ありません」

「しかし、だ。普段《ふだん》が無表情であればあるほど、驚《おどろ》いたときの顔や恥《は》ずかしがっている顔が引き立つ。そして、『こういうときはどんな顔をするんだろう』と想像力を掻《か》き立てる。例えば、セックスのときにどんな表情を見せてくれるんだろうか、と。これはなかなかイイ」

　レオンは、冷静な顔を崩《くず》さない智宏に軽くウインクをする。

　智宏は彼の言葉とウインクを辛《かろ》うじてスルーした。

「俺は少し眠《ねむ》る。その間、トモは自由行動だ」

「一緒《いっしょ》に寝《ね》ろとか、寝室《しんしつ》のドアの前で待機しろとか言わないんですか？」

　レオンは瞳《ひとみ》を見開いて驚きを表現するが、すぐ意地の悪い笑みを浮《う》かべた。

「一緒に寝ろと言ったら、お前は俺と同じベッドに入るのか？」

「嫌《いや》です」

気持ちのいい即答《そくとう》に、レオンは右手を胸に当てて「オウ」と外国人らしい嘆《なげ》きの表現をする。

「傷ついた。お詫《わ》びに、俺にお休みのキスをさせろ」

「は？」

「お休みのキスと言ったんだ。ここにさせろ。ここに」

レオンは自分の頬《ほお》を指で押し、「ここにキス」と繰り返す。

されるのとするのとでは、どちらがましだろうか。

智宏は考えた。

どちらかというと、される方が罪悪感が少ない。受け身なら、文句も言いやすい。

「それであなたの気が済むなら、どうぞ」

智宏は複雑な心境のまま、レオンに向かって右頬を差し出す。

「トモは少々セクシーさに欠けるな。そのうち俺がいろいろと教えてやる」

レオンは文句を言いながらも、智宏の頬にお休みのキスをした。

やっぱり……キスが上手《うま》い。ふわっと優しくて、不愉快《ふゆかい》さや違和感《いわかん》を感じない。どうしたら、こんなキスができるようになるんだろう。

レオンにこんなことを尋《たず》ねたら「それは愛！」と脱力《だつりょく》するような返答があるに違《ちが》いないと、智宏は心の中に疑問をしまい込む。

「トモと一緒に寝ている夢を見るぞ。拒《こば》むなよ」

「他人の夢に登場する自分にまで、責任は持てません」

「バカ。ジョークだ」

レオンは子供にしてやるように、智宏の髪《かみ》をくしゃっと撫でてマスターベッドルームに向かった。

「随分《ずいぶん》と話し込んでいたじゃないか。……で？　結局彼の部屋に待機することになったのか？」

紗霧はジャケットを脱《ぬ》いでソファに深く沈《しず》み込み、のんびりとテレビを見ていた。

智宏はその言葉を無視し、紗霧の隣《となり》に腰を下ろす。

「先輩《せんぱい》。フロントに預けておいた着替《きが》えはどこですか？」

「ポーターに部屋まで運んでもらった。お前の着替えが入ったスーツケースは、そこに置いてある」

紗霧はリビングの端《はし》に置かれているグレーのスーツケースを指さした。

「先輩の裏切りのせいで、俺はレオンの部屋に待機することになりました。俺にもしものことがあったら、先輩を恨《うら》みますからそのつもりで。ついでに言わせてもらいますが、先週の『昼の奥様劇場・愛の回転木馬』の最終回、ヒロインの糸子《いとこ》は自分を裏切った恋人《こいびと》の義郎《よしろう》を包丁で刺《さ》して殺し、自分も手首を切って彼のあとを追いました。最後のナレーションで、二人はこの世で結ばれてはならなかったのだと、締《し》めています。やはり悲劇でしたね」

立て板に水。冷静に早口で言い切った智宏は、ささやかな復讐《ふくしゅう》を成し遂《と》げた満足感に小さく頷《うなず》く。だが紗霧は違った。

「おいこら！　俺が楽しみに楽しみに楽しみにしていた最終回のあらすじを、いとも簡単に言いやがったなっ！　このIAっ！　お前なんか北極に行って、白クマ相手に人生を語ればいいんだっ！」

「だったら先輩は、巨大《きょだい》な犬ぞりでも引いてください。ワンコ先輩なんだから、それぐらい簡単でしょう？」

智宏は澄《す》ました顔で言い返し、ネクタイを緩《ゆる》める。

「『吊《つる》し』のくせに、口だけは達者だな」

「さすがは『OM』。言うことが上品でらっしゃる」

「吊し」とは指名クライアントがついていない社員で、「OM」すなわちオーダーメイドは指名クライアントがついているか、クライアントと専属契約《けいやく》を結んでいる社員になる。どちらもスーツのことを指すが、ガーディアン・ローブではなぜか隠語《いんご》として使われていた。

「……ガキの喧嘩《けんか》かよ。ったく、バカバカしい」

「全くです」

二人はそれきり黙《だま》り、しばらくぼんやりとテレビを見つめた。

十分ほどして、紗霧が口を開く。

「お前がここに来る前にロランさんが来て、観光リストを置いて行った」

紗霧はテーブルの上に広がっている書類を顎《あご》で指し、ため息混じりに言った。

智宏はそれを手に取り、目を通した。リストは日本語で書かれている。

「この……逆三角、とちー、えんぺら、おたく、とはなんですか？」

「俺も解読にしばらく掛《か》かったが、おそらく……ビッグサイト。とちーは都庁、えんぺらとおたくだけは、どこなのかよく分からん。えんぺらなんて、鮨《すし》屋かよ」

「鮨は『えんがわ』では？」

「冗談《じょうだん》に突っ込むな。そういうお前は分かるのか？」

紗霧は眉間《みけん》に皺《しわ》を寄せて、智宏を睨《にら》んだ。

「えんぺら……えんぺら……えんぺらー……、あ、エンペラーだとしたら皇居？」

「だじゃれか？　おい、これはだじゃれなのか？」

真面目《まじめ》に呟《つぶや》く智宏に、紗霧は無性に怒《いか》りがわいてくる。

「逆ギレしないでください。……しかし、この『オタク』とは？　ほかは『しんカンセん』や『ちよちん寺』、『タワー』『sunshine』と、どこを指しているのかわかりやすいんですが……」

「おたく、マニア、専門知識、こだわり……」

連想ゲームを始めた紗霧をよそに、智宏はたくさんのリストの中から英語で書かれたものを一枚抜《ぬ》き取る。

おそらくロランが清書したのだろう。几帳面《きちょうめん》な文字で観光リストが並べられていた。

「先輩。どうやら……秋葉原《あきはばら》のようですよ？　ロランさんが清書してくれたリストを見ていないんですか？」

「え？　ああ、本当だ。日本語リストのインパクトが凄《すご》かったから、すっかり見逃《みのが》していた」

喉に引っかかっていた小骨が抜けたような爽快感《そうかいかん》に、紗霧は思わず笑い出した。

「人騒《ひとさわ》がせなリストですね。自分勝手で俺様な性格が垣間見《かいまみ》えます」

智宏は冷ややかに言うが、紗霧は何かにピンと来たようで、彼の顔を覗《のぞ》き込んで尋ねる。

「二人きりでいたときに何かあったのか。言ってみろ。俺でよければ相談に乗るぞ？　これでもお前の先輩だ。後ろから殴《なぐ》り倒《たお》したくなるような極悪《ごくあく》クライアントの対処にも慣れている」

レオンに迫《せま》られるだけでなくキスをされたなんて、言えません。言えるわけがありません。ボディーガードで飯を食っている俺が、やすやすと押さえ込まれたんですよ？　プライドにヒビが入りました。ハッキリ言って、思い出すたびに……。

智宏の顔がいきなり真っ赤になったので、紗霧は驚きを通り越《こ》して固まった。

紗霧は、智宏のことを入社当時から知っており、新人研修の際にもトレーナーとして半年間寝食《しんしょく》を共にしていた。

しかし、智宏が顔を青くしたり赤くしたり……とにかく顔色を変えるのを見たことがない。

これは一大事だと、彼は智宏の肩《かた》を両手でしっかりと摑《つか》んで前後に揺《ゆ》さぶって。

「おい、村瀬！　何があった！　先輩に全て報告しろっ！」

「き……記憶《きおく》に欠如《けつじょ》が……」

「つまり、記憶に残したくないようなことがあったというわけか？」

智宏は返答できず、真っ赤な顔のまま視線を泳がせる。

「言いたくないなら言わなくてもいい。ほかの社員と交代するか？　上司には俺から話をする。もちろん、当たり障《さわ》りのない理由をつけて、だ」

社員と仕事。この二つの言葉を聞いた途端《とたん》、智宏の頭は「仕事モード」に戻《もど》った。

「交代はしません。同僚《どうりょう》に知れたら笑われます」

「体を張ればいいってもんじゃないぞ？」

「何を言っているんですか？　先輩。俺たちの仕事はボディーガードですよ？　体を張って当然です」

俺は違う意味で言ったんだけど…。

紗霧は心の中で呟くと、智宏の肩を力強く叩《たた》いて手を離《はな》した。

「ま、相手に好かれているだけ良しとするか。嫌《きら》われて無理難題を押しつけられる方が精神的に辛《つら》いからな」

「そうですね。こんなものまでくれましたし」

智宏はジャケットのポケットに入れていたミニ色紙を引っ張り出すと、それを紗霧に見せた。

「親愛なる日本のトモへ、レナード・パーシヴァント。サインをもらえてよかったたな」

「名前を書かれてしまっては、オークションに売り出すこともできません」

「おい、村瀬」

「彼は、俺の知っているレオンではありません。レオンではなく『レオソ』か『レネン』です。あんな軽薄《けいはく》な男を理想としていたなんて、自分の馬鹿《ばか》さ加減に呆《あき》れて物も言えませんね」

智宏は静かな怒りを体にひたひたと満たし、鼻で笑う。

「お前、怖《こわ》いから笑うな」

「すいません。笑い慣れていないもので」

「理想と現実は違《ちが》うから仕方ないだろう」

「そう言うと思いました。さて、私は荷物を持って『レオソ』の部屋に戻ります。先輩は、このゴージャスなスイートルームで、のんびり待機していてください」

智宏は他人事《ひとごと》のように呟いて、立ち上がった。

「その『レオソ』はやめろ。本人を見たら笑う」

「むしろ、腹を抱《かか》えて笑ってほしいです」

「投げやりになるな。相手が人間だと思うから腹が立つんだ。札束が動いていると思え。そうすれば、少しは気が晴れる」

紗霧は優雅《ゆうが》に足を組むと、表情の乏《とぼ》しい後輩に笑いかける。

「しかし、札束は愛を語りながら迫ってきません。むしろ、私は寂《さび》しがり屋なのと言って手元から去っていきます」

「それはそれで真理だが……おい、このリストを持って行け。そして、本人と話し合って観光の時間割りを作って持ってこい。分かったな？」

紗霧は観光リストをまとめると、智宏に突《つ》き出した。

「俺がメインのままでいいんですか？」

「相手はお前にご執心《しゅうしん》だから、その方がスムーズだろ？」

「やはり先輩《せんぱい》は裏切り者です。ワンコ先輩のくせに後輩を窮地《きゅうち》に立たせるなんて酷《ひど》いですね」

智宏は、どう見ても落胆《らくたん》した表情に見えない顔で、紗霧からリストを受け取る。

「その、ワンコ先輩ってのはやめろ」

「でしたら、俺をＩＡと呼ぶのもやめてください。機械のようで嫌《いや》です」

智宏はそう言って、着替《きが》えの入ったスーツケースと一緒《いっしょ》に部屋を出た。


天蓋《てんがい》付きの、レースのカーテンまで付いているクイーンサイズのベッドに埋《う》まり、智宏は寝《ね》不足《ぶそく》と精神疲労《ひろう》で、最悪の朝を迎《むか》えた。

「ん……？」

ベッドに埋もれたまま、智宏はクンと鼻を鳴らした。

なぜか分からないが、物凄くいい匂《にお》いがする。

ベッドリネンの香《かお》りと違う、甘く柔《やわ》らかな匂い。

サイドボードに飾《かざ》られていた花の香りだろうかと、そんなことを思いながら智宏は上体を起こし、そして絶句した。

「なんだこれは……」

ベッドの上と床《ゆか》に、ピンクと赤の薔薇《ばら》の花びらが敷《し》き詰《つ》められていた。

智宏が選んだベッドルームは一番狭《せま》い部屋だったが、それでもゆうに十五、六畳《じょう》はある。日本人なら「わー広いねえ」と言うだろう面積いっぱいに、薔薇の花びら。

映画のセットのようなロマンティックな空間で、智宏はため息をついた。

「いい匂いの正体はこれか……」

ちゃんとカギを掛けて、ドアの前にはイスまで置いて寝《ね》たのに……あいつの侵入《しんにゅう》を許してしまったなんて！　何も気がつかずに寝ていたなんてっ！　俺はボディーガードなのにっ！

智宏は両手で頭を抱え、「俺のボディーガードとしてのプライドが…っ！」と呻《うめ》く。

「Good morning!　Hiro!　昨夜《ゆうべ》はよく眠《ねむ》っていたな！」

そこに、無駄《むだ》に元気なレオンが、ホワイトシルクのガウン姿でドアを開けて現れる。

「俺のプレゼントは気に入ったか？　トモのために、真夜中に薔薇を取り寄せ、花びらだけを取ってまき散らすという、派手《はで》なようで地道な作業をしたんだ」

レオンの顔には「誉《ほ》めろ」と書いてあった。

智宏は冷静な表情でしばらくレオンを見つめ、顔をすっと横に向けてとぼける。

レオンは顔に笑《え》みを浮《う》かべたまま、辛抱《しんぼう》強く智宏の反応を待った。

「……朝食の時間には、まだ早いと思いますが」

「やっと口を開いたと思ったら、言うことはそれか？　今現在の状況《じょうきょう》に関して、トモは何の感想も持たないのか？」

「掃除《そうじ》が大変だな、と」

「ほかには？」

期待に満ちた彼の表情を見つめたまま、智宏は「別に」と僅《わず》かに肩をすくめる。

「なんて鈍感《どんかん》なんだ……」

レオンのしかめっ面《つら》を見たら、少しだけ気が晴れた。智宏はベッドから降りると、ぐっと伸《の》びをする。パジャマでなくTシャツにジャージという部屋着に近い格好だが、これなら不測の事態に備えてすぐに行動を起こすことができる。

「美しくない。寝るときは裸《はだか》だろうが。余計な物を着るな」

「これでも、かなりくだけた格好です。普通《ふつう》、少人数でガードをする場合は、寝るときにスーツは脱《ぬ》ぎません」

「俺が許す。今夜から寝るときは裸で寝ろ。いいな？」

なにが「いいな？」だっ！　警護に差し障りのある格好など、誰《だれ》がするかってんだ！　ふざけたことばかり言うと、逆に襲《おそ》ってやるぞっ！

智宏は恐《おそ》ろしいことを心の中で叫《さけ》ぶと、レオンに視線を向ける。

「着替えたいのですが」

「普通の顔をしているが、もしかして俺に着替えを見られるのが恥《は》ずかしいのか？　他人じゃないんだから気にするな。さあ着替えろ」

「キスをすれば他人でなくなるのなら、世界は親戚《しんせき》だらけじゃないですか。申し訳ありませんが、ドアを閉めてこの部屋から出てください」

「そうか。分かった」

レオンは軽く頷《うなず》いて部屋の中に入ると、後ろ手でドアを閉めた。そして、薔薇の花びらだらけのベッドに腰《こし》を下ろす。

「私の日本語が通じませんでしたか？」

「日本人は、本音と建て前を使い分けるんだろう？」

Tシャツを脱ごうとしていた智宏の手が止まった。彼は顔を強《こわ》ばらせてレオンを見つめた。

「そんなに緊張《きんちょう》するな」

レオンは仰向《あおむ》けでベッドに横たわる。

薔薇の花びらを敷き詰めたゴージャスなベッドに横たわるレオンは、さすがはハリウッドスターというか、腐《くさ》っても鯛《たい》というか、それだけで絵になる。

赤い薔薇の花びらと、金茶の髪《かみ》、そして濃《こ》いブルーの瞳《ひとみ》が見事に調和していた。

智宏は怒《おこ》っていたのも忘れ、その姿に見入ってしまった。

すっごいもの見ちゃったっ！　ものすっごいもの見ちゃったっ！

彼の心の中に残っていた、「ファン心のカケラ」が疼《うず》き出す。

だが、疼き出したのはそれだけではなかった。

「おい」

レオンは、自分を見つめたまま微動《びどう》だにしない智宏に声を掛《か》ける。

「トモ。顔が真っ赤だ」

彼は「可愛《かわい》い」と呟《つぶや》き、左手を伸ばして智宏の片手を摑《つか》む。そして強引《ごういん》に引っ張った。

「うわっ！」

智宏は、レオンの胸に倒《たお》れ込んでから我に返ったが、もう遅《おそ》い。レオンはしっかりと智宏を抱《だ》きしめ、その首筋に顔を埋《うず》めている。

「薔薇の香りが移ったな」

「それはシャワーを浴びれば消えます」

「俺の太ももに当たってる」

レオンは「何が当たっているのか」は言わなかったが、智宏は顔だけでなく耳まで赤くした。

「あ、朝ですから。これは生理現象です」

「それだけか？」

当たり前だろう？　それ以外で勃《た》ったら大変なことになる！

智宏は首まで赤くして「どいてください」とかすれた声で言った。

「お前が俺の上に乗っているんだぞ？　台詞《せりふ》が違う。NG。はい、テイク2」

レオンは智宏の尻《しり》をジャージ上から撫《な》で回しながら笑う。

「どきます」

「今度も台詞が違《ちが》う。NG。はい、テイク3」

無表情なのに真っ赤な顔でもがく智宏が可愛いやら可笑《おか》しいやら、レオンは撫でていた彼の尻を軽く叩《たた》いた。

「どう言えば私を離《はな》してくれるんですか？」

「短い台詞なのに忘れたのか？」

忘れるも何も、あんたが自分で始めた「遊び」じゃないかっ！　ルールなんて知るかっ！

智宏はしかめっ面をしてみせるが、真っ赤な顔のしかめっ面は間抜《まぬ》けだった。

「そういう顔で言う台詞じゃない。可愛い笑顔で『おはよう、ダーリン。キスして』だ」

「…………は？」

智宏の頭に上った血が、急激に降りていく。顔も耳も首も波が引くように赤さが消えた。

「覚えたな？　テイク3だ」

レオンは智宏の首筋にキスをして、彼が「台詞」を言うのを待つ。

「何でも自分の思うとおりに行くと思ったら大間違いだ」

言うが早いか、智宏は強引に右手を下に下ろすと、レオンの股間《こかん》を握《にぎ》りしめた。

男なら誰でも知っている感触《かんしょく》と確かな手応《てごた》え、違う、気色悪い他人の感触を感じたまま、智宏は握りしめたそこに無慈悲《むじひ》な力を加える。

レオンは声にならない悲鳴を上げ、智宏の腰に回していた手から力を抜《ぬ》いた。

「言っておくが、これは正当防衛だ」

そう言って、智宏が勝利の微笑《ほほえ》みを浮かべたとき……。

「ここで何をしているんだ?」

彼の背後から、ロランの冷ややかな声が聞こえた。


スイート専用バトラーがリビングに朝食用のカトラリーをセットし、コーヒーを入れる。そして、緑鮮《あざ》やかなサラダ、ふわふわのオムレツと香《こう》ばしく焼けたベーコン、ボイルしたソーセージが載《の》った皿をテーブルに置いた。

四人はテーブルについたまますっと無言だったが、そこで初めてロランが口を開いた。

「あとは自分たちでやるから、君はもう下がっていい」

早口の英語だったがバトラーは難なく理解し、軽く頭を下げて部屋から出て行く。

「さて、と。村瀬智宏君。君は自分が何をしたのか理解しているのか?」

ロランは渋《しぶ》い表情で、何の前置きもなく本題を切り出した。

根っからストレートの彼は、レオンと智宏の「危ないシーン」を見た途端《とたん》にショックを受け、朝食が運ばれるまで、誰の話も一切《いっさい》聞かなかった。

「みんなで朝食をとるのはどうだろうと相談をしに行っただけなのに、あんなものを見るとは思いもよらなかった。レオンがレイプされているなんて！　未遂《みすい》で済んでよかった」

衝撃的《しょうげき》で直接的な三文字の言葉に、智宏とレオンは「違う違う」と首を左右に振《ふ》り、何も知らないままレオンの部屋に呼ばれた紗霧は、コーヒーを飲もうとカップに伸ばした手を慌《あわ》てて引っ込める。

「もしこのことがヴァンの耳に入ったら……想像するだけで恐ろしい」

俺はロランさんの想像力の方が恐ろしいです。

智宏は心の中でこっそり呟くと、自分の向かいに座っている紗霧を上目使いで見つめた。

紗霧は困惑《こんわく》の表情を浮かべていたが、智宏と目が合った途端に苦笑《くしょう》する。

「ロラン。君が想像力の豊かな男だというのは分かったから、こっちの言い分も聞いてくれ」

レオンはうんざりした声を出し、コーヒーを一口飲んだ。

「言い分？」

ロランは眉《まゆ》を顰《ひそ》め、レオンから智宏に視線を移す。

「襲われていたのはレナード様ではなく、私です」

ギャーっ！　言ってしまった！　だが、ここで真実を言わなければ、俺は性犯罪者になってしまうっ！　しかも社会的に抹殺《まっさつ》されるっ！

智宏は冷静な外見とは裏腹に、心の中では恥ずかしさのあまり顔を覆《おお》って叫んだ。

「違うだろう？　トモ。襲うとか襲われるではなく、恋人《こいびと》同士の朝の戯《たわむ》れ」

「戯れと言いますが、漢字で書けますか？　どうなんですか？」

「書けなくても、読めればいいだろう？　読めれば」

「書けないなら言わないで……」

　智宏の台詞は、紗霧のわざとらしい咳《せき》で中断される。

「ちょっと……待ってくれ」

　ロランは右手の人差し指を額に押しつけて、険しい表情で目をつむった。

「つまり……加害者がレオンで被害者《ひがいしゃ》が村瀬君ということ……かな？」

「そうなりますね。レナード様は初対面のときから、村瀬に対して積極的な行動をしていましたから」

　智宏の代わりに紗霧が答える。

　ロランは魂《たましい》が抜け出てしまいそうな長いため息をつくと、コーヒーを一口飲んだ。

「村瀬君。誤解とはいえ、申し訳ないことを言ってしまった」

「分かっていただけて幸いです」

「申し訳ついでに、今朝のことは内密にしてくれないか？　高中君も。二人揃《そろ》って、墓の中まで持って行ってほしい」

　異国での「セレブのお戯れ」はよくある話だが、クリーンなイメージのレオンにその手の噂《うわさ》が立ったら、今後の仕事に差し障《さわ》りが出る。

　ロランはレオンのエージェントとして、彼の輝《かが》かしい将来に影《かげ》を落とすものは、どんな小さなものでも排除《はいじょ》するつもりでいた。

「その点につきまして、ガーディアン・ローブの社員は厳しい教育を受けております。ご安心ください」

紗霧は誇《ほこ》らしげに言い、智宏も深く頷《うなず》く。

「レオンもこれに懲《こ》りて、あまりハメを外さないように。頼《たの》んだよ」

「もしかしてロランは、俺が冗談《じょうだん》でトモにちょっかいを出していると思っているのか？」

「それ以外の何がある？　さあ、朝食が冷めないうちに食べようか。今日は東京タワーを見に行くんだよね。エッフェル塔《とう》とどっちが素晴《すば》らしいか、見比べてみたい」

もうその話は終わりとばかり、ロランはカトラリーを手にした。

紗霧も「そうですね」と、彼に続いて食事を始める。

よかった。俺がレオンのアレを握りしめていたことを追及《ついきゅう》されなくて。しかしあの感触がなかなか手から離れない。自分のものは気にせず握れるが、他人のものはあんなに気色悪いとは思いもよらなかった。

智宏はほっと胸を撫で下ろし、カトラリーを手に取ると美しい皿に盛りつけられた料理に視線を落とした。

天気がいいのは嬉《うれ》しいが、ジリジリと照りつけ皮膚《ひふ》を焦《こ》がすような日差しが目に痛い。

紗霧と智宏はTシャツとジーンズの上に綿のジャケットという軽装で、いい年をしてはしゃいでいるレオンとロランを見つめて、揃ってため息をついた。

「警護なのに、こんな格好でいいんですか?」

「クライアントのリクエストだから、仕方がない」

レオンは体にフィットしたハイネックのTシャツと麻《あさ》のスーツ、ロランは紺《こん》の綿ニットにホワイトジーンズを合わせている。二人ともカジュアルな格好で、東京タワーを見上げていた。

高いものを見ると人は知らず知らずのうちに口を開けてしまうのか、彼らも口を半開きにしている。

「勝手に先に行かないでください」

団体観光客に混ざって中へ入ろうとしていた二人に、智宏の声がかかった。

「トモ、二人で記念写真を撮《と》ろう。俺たちの愛のアルバムは、今ここから始まる」

レオンはジャケットの胸ポケットからサングラスを取り出し、気障《きざ》な仕草で掛けながら笑う。

「記念写真なら、展望台で撮ったらどうですか?」

紗霧は、東京タワーの上の方を指さして提案した。

「あそこまで上れるんだ」

「そうですよ、ロランさん。エレベーター乗り場に行きましょう」

「ではトモ。俺たちは恋人同士らしく、手を繋《つな》ぎながら行こうじゃないか」

先を歩き出した紗霧たちを一瞥《いちべつ》し、レオンは智宏に手を差し出す。

だが智宏はそれを無視した。

「シャイなトモは、二人きりにならないと手を繋げないと」

「何を言ってるんですか？　よく周りをごらんなさい。観光客があなたを注目しています。これ以上目立つ行動は……」

智宏が「控《ひか》えてください」と言う前に、五、六人の若い女性が、頬《ほお》を染めながらレオンに声を掛けた。

「Excuse me……あ、あの……」

意を決して話しかけたまではいいが、彼女たちはそこから先を言うことができず、もどかしそうに身振り手振りで「レオン？」と繰《く》り返す。

ああ、なんて可愛《かわい》い反応なんだ。分かるぞ。俺にはよーく分かるぞ！　大好きなスターを目の前にしたら胸がいっぱいになって、何も言えなくなっちゃうんだよな？　そうだろう？

智宏はボディーガードという役目を忘れ、彼女たちに慈愛《じあい》の視線を向ける。

レオンも、日本のファンの可愛らしい反応に穏《おだ》やかな微笑《ほほえ》みを向けた。

だがここで、「私はハリウッドスターです」と言うわけにはいかない。言ったら最後、お忍《しの》び旅行で日本を満喫《まんきつ》することができなくなる。

「もしかして、ハリウッドスターのレナード・パーシヴァントと間違《まちが》えてる？」

レオンは笑いながら「よく間違えられるんだよね」と、馴《な》れ馴れしい態度で彼女たちに顔を寄せた。

彼女たちは「うわ！　日本語だ！」と驚きつつも、自分たちより頭二つほど長身の彼を熱っぽい視線で見上げる。

「うそっ！　違うの？　私たち、てっきり……」

「アメリカでそっくりさんショーに出たことがあるけど、本人じゃないよ。第一レナード・パーシヴァントが、こんなに日本語を話すと思う？　というか、誘《さそ》ってんの？　俺は金持ってないよ？　食事をしたいなら、リッチマンに声をかければいいのに」

レオンはパンツにだらしなく両手を突《つ》っ込み、少しバカにしたような視線で彼女たちを見て笑った。

どこから見ても、女性にだらしのない、顔がいいだけのダメ男。それだけではなく、身なりが整っているのに不潔に見えるところが凄《すご》い。

その仕草を見た彼女たちは、うっとりとしていた顔を強《こわ》ばらせ、不愉快《ふゆかい》な表情を浮《う》かべる。

「なにそれ。むかつく。こいつ、本物のレオンじゃないよ」

「だよねー。レオンが日本に来てるなんて話、ネットの情報でも流れてないし！」

「見ず知らずの外国人に食事をおごってもらうわけないでしょっ！　気持ち悪いっ！」

彼女たちは唇《くちびる》をとがらせて悪態をつくと、汚《きたな》いゴミの山を見るような目つきでレオンと智宏を見つめ、その場を立ち去った。

「お見事。『サイレント・プレイス』のワンシーンを見せてもらった気分です。さすがはハリウッドスター」

「自分のファンにああいうことを言うのは気が引けるが、この場合は仕方がない。今日はこのまま、不良外国人を演じていこう」

レオンは、感心する智宏の前で大げさに肩《かた》をすくめて見せる。

彼らを遠巻きにしていた人々も「映画スターじゃないのか」と落胆《らくたん》の表情を見せ、ゆっくりと散っていった。

「……レオンじゃなくてレオンだった」

やっぱ演技上手《うま》いわ。綺麗《きれい》な顔をしてるのに「演技派」と言われるだけある。ホント、余計なことを知らなけりゃ、ずっと大ファンのままでいられたのに……。

智宏は複雑な気持ちを抱《かか》え、首を左右に振《ふ》る。

「向こうで先輩《せんぱい》が手を振っています」

「おう。天国に近い場所で、熱く愛を語ろう」

「天使にでも語ってください」

「トモが俺のラブリーエンジェル」

「羽が生えた人間はいません」

智宏は冷静に言葉を返し、レオンをさりげなくエスコートしながら紗霧たちの元に向かった。

「エレベーターは団体客が優先だから、もう少しお待ちくださいだって。どうする？　階段を上るかい？」

ロランは「絶対に嫌《いや》だ」という顔で、レオンに尋《たず》ねる。

「平日だから大丈夫《だいじょうぶ》だと、高をくくってました。申し訳ありません」

レオンは振り回される鷹《たか》を想像しながら、紗霧の謝罪を寛大《かんだい》に受け止めた。

「気にするな。どこかでお茶でも飲んで休憩《きゅうけい》しよう。ここは暑くてジメジメする。そして涼《すず》しくなったら浅草寺へ行く。大きな提灯《ちょうちん》の下で愛を語るのも、日本的でいい」

そんなところで愛を語ったら、ソッコーで別れそうだ。

紗霧はそんなことを思ったが、智宏がどういう行動を取るのか興味がわいたので「そうですね」と頷く。

「しかし、本当に日本は湿気《しっけ》が凄いね。日陰《ひかげ》にいるのに暑い」

ロランはジーンズからハンカチを取り出し、額の汗《あせ》をそっと押さえた。

「では浅草寺付近までタクシーで行きましょう。車の中は冷房《れいぼう》が効いていますから、汗が引きます」

「トモ。何を言ってる。俺は電車に乗りたい。地下鉄にも乗りたい。ついでにバスにも乗ってみたい」

レオンは熱く語るが、智宏は冷めている。

「まだ観光初日です。電車やバスは、これから何度も乗る機会があります」

「では明日乗ろう」

「毎日観光をするつもりですか？」

「日本に滞在《たいざい》している間、行ける限りどこでも行くぞ。もちろん、お前と一緒《いっしょ》にだ」

「何でそう、私に固執《こしつ》するんですか」

「愛してるからに決まってるじゃないか」

ロランはしかめっ面《つら》をしたが、レオンは気にせず続けた。

「神秘の黒髪《くろかみ》、ミステリアスな黒目。最高だ。なぜ素直《すなお》にならない？」

どうせなら、英語で言ってほしいな。さっきから、横にいるおばちゃんの団体が耳をダンボにしてるんだけど。

紗霧はしょっぱい表情を浮かべ、成り行き次第《しだい》では彼らの会話を強引《ごういん》に止めようと決意する。

「日本人は恋愛《れんあい》に関して奥ゆかしいので、愛という言葉はやたらと口にしません。特に男性は、『黙《だま》って俺についてこい』というタイプが多いです」

微妙《びみょう》に古くさいが間違っているわけではない。

レオンは、自分のどこがどんな風に悪いのか分からないまま、腕《うで》を組んで考え込んだ。

そのとき一人の女性が、レオンめがけて猛《もう》スピードで走ってくる。

たとえるなら、それは闘牛《とうぎゅう》だった。

体形がどうこう言うのではない。鼻息の荒《あら》さと興奮度の高さから、紗霧と智宏は「牛来たっ！」と心の中で叫《さけ》ぶ。

智宏は素早《すばや》くレオンを後ろに隠《かく》し、自分は体を盾《たて》にした。紗霧はロランをレオンの横に移動させ、彼らの側面をガードする。

訓練された無駄《むだ》のない動きは美しい。

レオンは自分に危機が迫《せま》っていることを心配するより、彼らの動きに感心した。

「レオンでしょ？　ねえ！　サングラスを掛《か》けていても私には分かるわっ！　だってレオンの気を感じるもの！　最高だわっ！　こんなところでレオンに会えるなんて！　東京に来て本当によかった！　握手《あくしゅ》して！　触《さわ》らせて！　抱《だ》きしめさせて！」

年の頃《ころ》は二十代前半だろうか。セミロングの髪に、涼しげなブラウスと膝丈《ひざたけ》のスカートというどこにでもいる社会人風の女性だが、行動はグルーピー以外のなにものでもない。

「申し訳ありませんが、あなたの人違いです」

「はぁ？　何言ってるの？　あんたジャマ！　私はレオンに用があるのよ！　ああもう、こんなときにカメラとサイン帳を持ってないなんて、私って最低！　いいや、ここに『愛《いと》しのマミちゃんへ』ってサイン書いて！　愛してるわ！　レオン！」

彼女は小さなバッグから口紅を取り出すと、自分のブラウスの袖《そで》にサインをしろと迫る。

日本にもこんな熱いファンがいたのか……。

レオンは、小さな体でサインを迫る女性を見下ろして、嬉《うれ》しいやら気持ち悪いやら複雑な気持ちになった。

タワーの前で記念撮影《さつえい》をしていた観光客たちは「これは尋常《じんじょう》じゃない」と、彼らを注目する。

「何度も言いますが、人違いです。これ以上騒《さわ》ぐと、警備員室に行ってもらいますよ」

「だーかーらー！　あんたはジャマだって言ってんでしょ？　もう埒《らち》明かない！　どいてよ！

ここでレオンと会えたのは運命なんだから！　私たち前世から愛しあってる仲なの！」

瞬間《しゅんかん》、その場にいた彼女以外の全員の心が、一つにまとまった。

うわ、電波だよ。暑いから、どこからか沸《わ》いて出たのか？

「私もハリウッドセレブになるの！　レオンと一緒にアメリカに行くっ！　レオン、イエスと言って！　マミを愛してるって！」

あなたそれ、日本語です。

事情を知らない観光客たちは、外国人相手に日本語でシャウトする彼女に突《つ》っ込むが、意味をはっきりと理解できるレオンは、僅《わず》かに顔をしかめる。

彼は自分の動向は別として、愛の押し売りは苦手だった。

「仕方がないな」

あとは智宏に任せようと、紗霧はできるだけ紳士《しんし》的に彼女の腕を掴《つか》み、警備員室に引きずった。

私たちは再び会う運命なのよ！　待っていてレオン。

彼女の最後の言葉は、四人の耳にこびりついて離《はな》れない。

紗霧が警備室での事情聴取《ちょうしゅ》を済ませたあと、彼らはタクシーに乗って浅草寺に向かったが、すぐに仲見世《なかみせ》通《どお》りには入らず、近所のレトロな喫茶店《きっさてん》に入った。

「びっくりした」

レオンは抹茶《まっちゃ》シェイクを前に、独り言のように呟《つぶや》く。

「大人しくこっそりと観光しようという気になっただろ？　レオン」

ロランはアイスコーヒーを一口飲んで、隣《となり》のレオンに意地の悪い微笑《ほほえ》みを浮《う》かべた。

「俺は大人しく観光していたと思うが？　騒いでいたのはあの女の子だけだ。俺のトモが身を挺《てい》して庇《かば》ってくれたおかげで、俺は無傷。心底愛を感じたワンシーンだったな……」

「クライアントを守るのが、私たちの仕事です。私情はありません」

「もう、トモのshy boy!」

レオンは向かいに座っている智宏を熱い視線で見つめるが、智宏は冷ややかな視線を向ける。

「あの女性の騒ぎ方が凄《すご》かったので、簡単な事情聴取で済んだからいいようなものの、もう人込みに入ることは避《さ》けてください」

「観光場所は混んでいると決まっている。だから俺は、これからも観光をするぞ。トモの愛に守られてな」

だから、愛はないんだよっ！

智宏はわずかに頬《ほお》を引きつらせ、アイスティーの入ったグラスを両手で力強く握《にぎ》りしめる。

「日中の観光は避けましょうか？　もしくはナイトスポットをメインにする、いっそ東京を離れて京都や奈良に行くという手もあります」

智宏の隣で成り行きを見守っていた紗霧が、のんびりと提案する。

「……相手は一人だったし、シュガーベイビーズのように周りにいた人間に迷惑《めいわく》をかけたわけでもない。レオンが地味な外国人観光客を装《よそお》えば大丈夫じゃないかな」

ロランの言った「シュガーベイビーズ」に、紗霧が首を傾《かし》げた。

「なんですか？　その……『シュガーベイビーズ』とは」

「レオンのベイビーを生みたいを信条にして、犯罪行為《こうい》も正当化してしまう自己中心的で危険なグルーピー集団です。最近は、レオンが宿泊《しゅくはく》したホテルの部屋に忍《しの》び込み、部屋の鍵《かぎ》を破壊《はかい》して、装飾品《そうしょく》を窃盗《せっとう》しました。『レオンが触ったものは私たちのもの』というのが彼女たちの言い分でした。たしか現在、ホテル側《がわ》と裁判中です」

っ たく先輩《せんぱい》は！　レオンのボディーガードをやるなら、凶悪《きょうあく》グルーピーのこともしっかり頭に入れておけっ！

智宏の、どこか自慢《じまん》げな「レオン情報」に、紗霧は「そうなんだ」と感心する。

「本当にトモは、俺のことなら何でも知っているんだな。素晴《すば》らしい。愛しているよ」

レオンは、グラスを握りしめていた智宏の両手を自分の両手でそっと包み込み、今にもキスをしそうなほど顔を近づけた。

周りの席でくつろいでいた老人たちは目を丸くして、彼らの様子を注目している。

「放してください。お年寄りにこれ以上刺激《しげき》を与《あた》えると、あの世に行ってしまいます」

「最後に見る顔がハリウッドスターの顔なら、彼らもきっと本望《ほんもう》だろう」

「あなたの冗談《じょうだん》で亡《な》くなってしまうなんて、気の毒でなりません」

「トモ。君の唇《くちびる》からは苦い言葉しか出てこないのか？」

「あなたが手を放してくだされば、何も言いません」

「……何度キスをしてあげれば、お前の唇は甘い言葉を言ってくれるんだろうか」

その囁《ささや》きは甘く、表情は切ない。

智宏はレオンの真摯《しんし》な青い瞳《ひとみ》を見つめたまま、何も言えずに頬を染めた。

「どれだけ共に夜を過ごせば、俺に優《やさ》しく微笑んでくれる？」

「そんなことを……言われても……」

何だよ。そんな目で見つめられたら、悪いことをしているような気分になるじゃないか。俺のレオン像を破壊した本人なのに。あーもーっ！　俺を相手に愛を語るなっ！　ゲイじゃないのにときめくだろうがっ！　この演技派めっ！

智宏は複雑な心を抱《かか》え、瞳を潤《うる》ませながらレオンと見つめ合う。

「こら村瀬。お前がレオンさんのファンなのはよく分かったから、いい加減仕事に戻《もど》れ」

紗霧は強引《ごういん》に、絡《から》み合った二人の手を離し、低い声で忠告した。

「え……？　はっ！　そうだっ！　俺は仕事中っ！」

智宏はアイスティーを一気に飲み、お手ふきを自分の頬に当てて、急いでクールダウンする。

「レオン。これ以上ふざけたことをするな」

「そう言うな、ロラン。トモの魅力《みりょく》の前では、俺はただの恋《こい》する男」

ロランは智宏を一瞥《いちべつ》し、「魅力？」と首を傾《かし》げた。

「確かに美形の東洋人だが、男だぞ？　胸がないぞ？　胸が。女性はいいぞー、胸がある。柔《やわ》らかくて豊かな胸。最高じゃないか。幸せじゃないか」

あー、ロランさんって「おっぱい星人」だったのかー。

紗霧と智宏は、「胸」とうっとり呟くロランを見て、生暖かい気持ちになる。

「ロランの好みはどうでもいい。俺はトモと一緒《いっしょ》にセンソージを観光する。サギリ、ロランのことを頼《たの》んだぞ？」

レオンは放《ほう》っておいた抹茶シェイクにストローを挿《さ》して一気に飲もうとしたが、初めての味に驚《おどろ》いてむせた。

これをどこに飾るんだろうと首を傾げてしまう「浅草寺グッズ」を山ほど買い、初めての鰻《うな》重《じゅう》に舌鼓《したつづみ》を打ったレオンとロランだったが、ホテルに戻った途端《とたん》、それまで最高潮だったテンションが一気に下がった。

「なんだこれは」

真っ赤な提灯《ちょうちん》を両手に持って部屋に戻ったレオンを待っていたのは、バラの花束の山。

ただでさえゴージャスなスイートルームが、きらびやかな薔薇とその香《かお》りで、ロマンティックの極致《きょくち》に達している。

「また部屋の中を花だらけにしようと、あなたが注文したのではないのですか？」

「違《ちが》う。二度続けて同じ手を使うか」

「でしたら触《ふ》れないでください」

智宏は、提灯を放り投げて花束の一つを持とうとしたレオンを言葉で制し、すぐに電話で紗霧を呼んだ。


「薔薇の花束は三十。フロントに問い合わせたところ、全《すべ》てヴァン・スミス・エージェンシーが日本の業者に注文して送ったものだと分かりました」

智宏は、神妙《しんみょう》な顔で腕《うで》を組んでいるレオンにそう告げる。紗霧は手袋《てぶくろ》をはめ、慎重《しんちょう》に花束を調べていた。

そこへ、ロランが慌《あわ》ててやってくる。

「レオン！　ヴァンは花束の発注などしていないそうだ！」

「すると、ヴァン・スミス・エージェンシーの名を騙《かた》った誰《だれ》かの仕業《しわざ》か？」

「だろうね。どこの誰かは調べれば分かるだろうが……。君のファンであることは確かだと思う。君の年と同じだけの花束を送るなんて、ファンでなければ誰なんだ？」

「それにしても……俺がここに宿泊していることが、なぜバレる」

顔をしかめるレオンに、智宏が口を開いた。

「ファンは時として、想像を絶する行為を平然と行います」

「トモの想像を絶する行為なら、俺は逆に嬉《うれ》しい」

「この状況《じようきよう》で、不謹慎《ふきんしん》な言葉は控《ひか》えてください」

両手を広げて迫《せま》ってくるレオンを避けながら、智宏は唇を尖《とが》らせる。

「凄いものを発見してしまいました」

紗霧は解体した花束の中から、細長い箱を摑《つか》み出した。

「先輩。爆発物《ばくはつぶつ》かもしれないのに、手で摑まないでください」

智宏はそう言いながら、急いで紗霧の元に行く。

「これが爆発するなら、ある意味凄いな」

「…………恥知《はじし》らずな」

智宏は顔を背《そむ》けて眉《まゆ》を顰《ひそ》めた。

「何が入っていたんだい？」

レオンに何かあったら大変だと、彼をバーカウンターの奥に押し込んでいたロランは、ボディーガードたちの緊張感《きんちようかん》のない台詞《せりふ》が気になって尋《たず》ねた。

「これです。バイブレーター」

「は？」

「何度も言いたくありませんので、ご自分の目で確認《かくにん》してください。あ、危険はありません」

だが「絶対に大丈夫《だいじょうぶ》」とは言えない。

ロランはその場に立ったまま、低く呻《うめ》いた。

「お前が見に行かないなら、俺が自分の目で確かめる」

レオンはバーカウンターの奥から顔を出し、紗霧と智宏の元に向かって歩き出す。

「あなたには違《ちが》う意味で危険ですので、寝室《しんしつ》に戻ってください」

こんなものを見たら、俺にまた変なことを言うだろうっ！　それは勘弁《かんべん》してほしいっ！

智宏は物凄《ものすご》い勢いでレオンの前に立ちはだかると、彼の腕を摑んでそのまま寝室へと引きずった。

マスターベッドルームはモダンなイタリア家具で統一されていて、ロマンティックな内装の智宏の部屋とは全く違う雰囲気《ふんいき》だった。

「どこがどう、俺に危険なんだ？　説明しろ」

「全長約二十五センチ、電池で動く、携帯《けいたい》可の耐水《たいすい》性局部刺激振動《しげきしんどう》器具は、あなたには刺激が強すぎると判断しました」

「漢字を羅列《られつ》するな。頭の中で上手《うま》く変換《へんかん》ができない」

「できなくて幸いです」

智宏はレオンをドアから遠ざけ、キングサイズのベッドに座らせる。

「サギリはバイブレーターと言っていたが、日本語にすると耐水性なんとかになるのか？」

「そうです」

「それを俺に見せたくないと？」

「はい」

レオンは智宏の返事を聞いてニヤリと笑い、目の前に立っている彼の腰《こし》に両手を回した。

「表情は少しも変化しないのに、トモの頭の中はエロティックなことでいっぱいなんだな。むっつりスケベ」

そんな日本語を、どこで覚えましたかっ！　即座《そくざ》に忘れなさいっ！

智宏はレオンの腕を腰から引きはがそうと努力するが、力任せに引き寄せられてしまった。

「んー。トモの匂《にお》いがする」

「放してください」

夏の日差しを浴びながらの観光だったので、Tシャツは汗《あせ》を吸っている。智宏は自分が汗くさいと言われたような気がして、恥《は》ずかしくなった。

「なぜ放す？　トモの匂いをもっと嗅《か》がせろ」

「汗くさいだけ……って、どこを触《さわ》ってるんですか……っ」

レオンの指が、ジーンズの上から智宏の尻《しり》を揉《も》むように撫《な》で回している。

「引きしまってて、揉み甲斐《がい》のあるヒップ。最高だ」

ロランさんが「おっぱい星人」なら、あんたは「オシリ星人」かっ！　この変態スターっ！

智宏はレオンの手を叩《たた》きながら、心の中で叫《さけ》びまくる。

レオンは、Tシャツの上から智宏の胸にキスをした。

「……っ！」

智宏は体を強《こわ》ばらせて息を呑《の》む。

ただ軽く触れられただけなのに、体の奥から甘い痺《しび》れが発生した。

「放……せ…っ」

「トモの唇《くちびる》は苦い言葉しか言わないから、俺は反抗《はんこう》する」

「な……っ！」

「あまり大きな声を出すと、ロランとサギリが何事かとやってくるぞ？　こんなところを膨《ふく》らませたままで彼らに会って、反論できるのか？」

レオンは、智宏のジーンズのファスナーを指先で下から上になぞり、いたずらを仕掛《しか》けた子供のようなずるい笑顔《えがお》を浮《う》かべる。

「俺は……ゲイじゃないし……あんたの悪ふざけに付き合っている暇《ひま》も……」

「悪ふざけだと？　愛していると何度言った？」

「男に迫るレオンなんて……俺の知ってるレオンじゃない」

「ファンが知っているのは、レオンのごく一部だ」

ジーンズの上からのもどかしい愛撫《あいぶ》が苦しいのか、それともレオンの言葉を聞きたくないのか、智宏はぎこちなく首を左右に振《ふ》った。

「トモだけに、俺の全てを教えてやる」

「これも……演技だろ？　あ……あんたは……演技が上手いから……」

レオンは智宏の下肢《かし》を優《やさ》しく愛撫しながら、咎《とが》めるような視線で彼を見上げる。

「初めてお前の顔を見たのは、ガーディアン・ローブのボディーガードリストだった。端整《たんせい》な顔立ちのガードは大勢いたが、俺がピンと来たのは村瀬智宏、お前ただ一人。生意気そうなきつい瞳《ひとみ》にノックアウトだ。それからというもの、俺はお前を想像し続けた。どんな声なのか、どんな風に笑うのか……スターに恋《こい》をするティーンエイジャーのように、お前のことばかり考えていた。そして日本に来て、本物のお前と出会った」

もしかして……「本物」が目の前に現れるまで、俺たちはある意味両思い？

智宏は、気恥《きは》ずかしいレオンの告白を聞きながら、彼と手を繋《つな》いで花園を「あはは」「うふふ」と走り回っている自分たちを想像したが、すぐに「違う」と否定する。

目の前にいるのは、智宏の「大ファンにして理想の男性像」を打ち砕《くだ》いた張本人だ。

「本物のお前は、俺の想像を遥《はる》かに超《こ》えていた。俺は生まれて初めて、心の底から神に感謝した。神聖なるインスピレーションを与《あた》えてくださってありがとうございますとな。写真で一目《ひとめ》惚《ぼ》れ、実物を見て二度惚れだ。取引先《とりひきさき》国の言葉は覚えろと、俺に無理矢理日本語を習わせた両親にも感謝した。トモ、愛している」

「レオンはハリウッドスターで、俺とは住む世界が違う。愛してると言われて、はいそうですか、ありがとうなんて言えるか。それに、俺が知っているレオンの過去の恋人《こいびと》は、全員女性だ。……みんな黒髪《くろかみ》黒目だったが、女性だけだ」

「ああ。俺もトモに出会うまでは、自分はストレートだと思っていた。トモが俺の世界を変えたんだ。責任を取ってほしい」

「勝手なことを……」

「俺の愛を受け入れてくれないなら……」

「なら？」

「今年で引退する」

ちょっと待てっ！

智宏の、いろんなところに上っていた血が一気に下がる。クールダウンどころか、貧血《ひんけつ》でその場に倒《たお》れ込みそうだ。

「い、い、引退は……その……」

「トモが俺の世界を変えたと言っただろう？」

「トモの愛が得られないまま、仕事はできない。生きていても仕方がない。俺が帰国したあとに訃報《ふほう》を聞いたら、お前に振られて生きる望みをなくしたと思ってくれ」

脅迫《きょうはく》するなーっ！

智宏は叫びたかった。そう叫んでスッキリしたかった。

だが実際は、酸欠の金魚のように口をぱくぱくと動かすことしかできない。

レオンは今にも泣き出しそうに顔を歪《ゆが》め、智宏の下腹に顔を埋《うず》めて「愛しているんだ」と悲しげに呟《つぶや》く。

いろんな意味で世界的セレブのレナード・パーシヴァントにここまで言わせた。

いくら「幻滅《げんめつ》した。最悪だ。ファンをやめる」と言っていても、すっぱりと切り捨てられるほど、智宏は冷めていない。

「IA」と呼ばれていても、いやそう呼ばれているからこそ、「大事な気持ちはフリーズドライ」。ちょっとやそっとで腐《くさ》ったりしないのだ。

「俺は……男だから……その……男を相手に受け入れるとか受け入れられるとかは……無理だけど」

「分かっている。無理強《むりじ》いはしない。受け入れるのは、俺の気持ちだけでいいんだ」

レオンは顔を上げ、智宏に儚《はかな》げな微笑《ほほえ》みを向ける。

それはまさに「果たせない夢を空を飛ぶ鳥に託《たく》し、窓辺に佇《たたず》む病弱な美形王子」で、智宏の胸は罪悪感でぐっと詰《つ》まった。

「気持ち……だけ……だったら」

智宏はおずおずとうなずき、そっと髪を撫でながら蚊《か》の鳴くような声を出す。

「そうか。俺の気持ちを受け入れるか。よし！　気持ちを受け入れたのなら、体を受け入れるのもたやすいぞ？　男はナーバスな生き物だから、何事も気持ちが肝心《かんじん》だ」

今までの殊勝《しゅしょう》な態度はどこへやら、レオンは高笑いしながら智宏の体を抱《だ》きしめると、そのままベッドへ放《ほう》り投げた。

「え？　え……？」

レオンは、事態を把握《はあく》できない智宏の上に素早《すばや》く覆《おお》い被《かぶ》さり、自分の両手で彼の両手を押さえつける。

「もしかして……」

「俺はほしいものはどんなことをしても手に入れると言っただろう？　もう忘れたのか？」

騙《だま》されたっ！

そう思った瞬間《しゅんかん》、智宏は生まれてこのかた、感じたことのない激しい怒《いか》りが心に渦巻《うずま》き、顔を真っ赤に染めた。

「怒った顔も可愛《かわい》いよ、トモ」

「あ、あんたなんか……さっさと引退でもなんでもすればいいっ！　そして俺は、自分の持っているレオングッズをオークションに出して、儲《もう》けた金を捨ててやるっ！」

バカバカっ！　俺のスペシャルバカっ！　こんな性格の悪い俳優のファンだった俺のバカ野《や》郎《ろう》っ！

智宏は思いつく限りの悪態を英語で叫び、レオンを自分の上からどかそうともがいた。

「可愛いマイ・ボディーガード。急所を押さえ込まれたまま、どうやって俺から逃《に》げられる？」

レオンは片膝《かたひざ》で智宏の股間《こかん》を押さえつけ、天使の微笑みを浮かべる。

「放せ……っ」

「誰《だれ》が放すものか。お前はもう、俺のものだ」

レオンはそう言うと、乱暴に智宏にキスをした。

だが智宏も、大人しくされたままではいない。

レオンは低く呻《うめ》いて、智宏から顔を背《そむ》けた。

「お前は獣《けもの》か」

智宏に噛《か》み付かれた唇から血を流して、レオンは彼を睨《にら》み付ける。

「強引《ごういん》に従わせようとするからだ」

冷ややかに呟く智宏も無事ではなく、唇が切れて血が滲《にじ》んでいた。

しゃべるたびに鉄くさい香《かお》りが鼻をつくが、気にしている暇はない。

「ふん。獣を従順に躾《しつ》けるというのも……悪くない」

レオンは不敵に微笑むと再び智宏に顔を近づけ、傷ついた彼の唇に自分の傷口を押し当てる。

鈍《にぶ》い痛みと血の混ざり合うぬるりとした感触《かんしょく》に、智宏は体を強ばらせた。

レオンは自分で混ぜた二人分の血を、今度は丁寧《ていねい》に嘗《な》めていく。

生暖かな舌は、時折わざと智宏の傷をなぞり、彼にくぐもった苦痛の声を上げさせる。

「俺の顔に傷を付けたんだ。裁判沙汰《さいばんざた》にならないだけ、ありがたいと思え」

やけに楽しげな声が、智宏の神経を逆撫《さかな》でた。

「……俺を抱きたいなら抱けばいい。これはセックスじゃない。そっちが一方的に、俺に暴力を振《ふ》るうだけだ」

そうだともっ！　勝手に自分一人で動けっ！　俺はマグロだぞ！　冷凍《れいとう》マグロだっ！　絶対に動くものかっ！　分かったかっ！　この変態スターめっ！

智宏は唾液《だえき》と血でぬれた唇を一文字に結び、冷めた視線でレオンを見上げる。

レオンは目を丸くして、驚《おどろ》きを表現した。

「トモ。何を言ってる？　俺はお前を愛しているんだぞ？　一目惚れ……いや、二度惚れだと言ったじゃないか。愛している相手に、どうして暴力を振るわなきゃならないんだ？　むしろ、唇《くちびる》に噛み付かれた俺の方が、暴力を振るわれたと言ってもおかしくない立場だ」

「いつまで演技しているつもりなんだ？」吸うなり嘗めるなり突《つ》っ込むなり、さっさと済ませろ。だらだらするな」

二人の間に気まずい空気が流れる。レオンはもう微笑んでいない。

「分かった。俺の好きにさせてもらう。言っておくが、男を好きになったのはお前が初めてだ。もちろんセックスもな。だから、お前が協力せずに丸太のように転がっているだけだと、怪我《けが》をする可能性が大いにある。だが俺は、お前が泣いても喚《わめ》いても、絶対に途中《とちゆう》でやめたりしない。愛の暴走だ。覚悟《かくご》しておけ」

低く冷静なレオンの言葉に、今度は智宏が目を丸くした。

「それも演技だろ……？」

「演技だと思うなら思えばいい。本来の挿入《そうにゆう》場所と違うところを、潤滑剤《じゆんかつざい》なしで挿入したらどうなると思う？　お前のアヌ……」

「わーっ！　それ以上言うなっ！」

裂傷《れっしょう》か？　裂傷だなっ！　外傷による苦痛を耐《た》えることはできる。だが、内部の痛みは……。想像しただけで恐《おそ》ろしい。というか……そんな恥《は》ずかしい傷で病院に行くのがいやだっ！

智宏は冷や汗《あせ》をかいて、首を闇雲《やみくも》に左右に振る。

「バカ」

レオンは苦笑《くしょう》すると、智宏の額に自分の額を押しつけて固定した。

智宏は慌《あわ》てて目をつむる。

「トモが協力してくれなければの話だ」

「ひゃ……百歩譲《ゆず》って……俺がゲイだとする。それでも、好きでもない相手とセックスなんてできない」

「俺が嫌《きら》い？」

「き……」

嫌いと言い切れればどんなに楽かっ！　ああそうだとも！　どんなに幻滅させられても、ファンをやめると心に決めても、俺は「レナード・パーシヴァント」を嫌いになれない。ちくしょうっ！　純粋《じゅんすい》なファン心を弄《もてあそ》びやがってっ！

続きを言えないまま智宏は口を固く閉《と》ざした。

「トモ……」

レオンは顔を上げ、智宏の目尻《めじり》に唇を押しつける。

「俺はお前を泣かすほど、意地が悪いのか？」

「え……？」

あんた……今まで分かってなかったのか？

智宏はささやかな突っ込みを入れながら、レオンのキスを受けた。

欲望を感じさせない、羽が触《ふ》れるような優《やさ》しいキスが気持ちいい。

「俺がトラブルを起こすのは、トモに構《かま》ってもらって、トモの別の表情を見たいからなんだ」

いきなり優しくされると、あとが怖いんですけど……。

智宏は、抵抗《ていこう》してもいいのか、それとももう少し様子を見るべきか悩《なや》んだ。

「泣かして悪かった。慰《なぐさ》めてやるから、これで機嫌《きげん》を直せ」

レオンは智宏の左手を押さえつけていた右手を離《はな》し、今度は下肢《かし》に伸ばしてジーンズのフロントボタンを外し、ファスナーを下げる。

様子を見ている場合じゃないぞっ！　俺っ！

「ちょ、ちょっと……っ」

「トモが痛がるようなことはしない。約束する。優しく慰めてやるから」

「……っ！」

逃げるより先に下着の中に手を入れられ、智宏は体を強《こわ》ばらせた。

こ、こ、こんなときにどう対処していいかなんて、研修で習ってないっ！

そんなことを教える要人警護会社がある方が恐ろしい。だが心の底から焦《あせ》っている智宏には、冷静に判断する余裕《よゆう》など少しもなかった。

レオンは智宏の首筋や耳にキスをしながら、彼の雄《おす》を下着から出してゆっくりと扱《しご》き出す。

「や……やめ……」

「続けてくれの間違《まちが》いだろう？　トモのここは反応している。俺の指に触《さわ》られて感じているんだ。見てみろ。もう濡《ぬ》れてる」

いーやーっ！　そういうことを口にすーるーなーっ！

智宏は顔を真っ赤にして、意地でも見るものかと固く目をつぶった。

「いいな、その表情。観光中の、冷ややかな無表情と全く違う。ここをこうして……強く刺激《しげき》してやると、ほら、瞼《まぶた》が震《ふる》える。誘《さそ》われているようでゾクゾクする」

目をつむっていても、レオンの視線がどこを見ているのかよく分かる。

自分の顔と下肢を交互《こうご》に見ているのだ。

「やめろ……」

「トモの機嫌が直るまでやめない」

こんなことをされたら、余計機嫌が悪くなるっ！

口を開いたら違う言葉が出てきそうだったので、智宏は心の中で怒鳴《どな》った。

絶対に口を開かない。開いたら最後だ。レオンを喜ばせるようなことは絶対にしない。

だが智宏の体は、彼の決意を裏切って快感に染まっていく。

いつだったか、会社の飲み会で「勝手が分かっているだけに、同性をイカせる方が簡単だ」と言った先輩《せんぱい》と、それに深く頷《うなず》く先輩たちに驚いて引きまくった記憶《きおく》があるが、智宏は「今やっと、その意味が分かった」と、情けなく思った。

ツボを心得た動きが、どうしようもなく気持ちいい。

「可愛《かわい》いよ、トモ」

しかも、自分の雄を扱いているのがレオンなのだ。長年大ファンだったハリウッドスターが、自分の雄を扱き、耳に甘く囁《ささや》きかける。

俺はゲイじゃないのに……なんで？　やばい……このままじゃ……。

智宏は低く喘《あえ》ぎ、せめて顔だけは見られないようにと、自由な左手で自分の顔を覆《おお》った。

「顔を隠《かく》すな。俺はお前の顔をずっと見ていたいんだ」

「いや……だ……、ん……っ……あ、あ……っ」

口を開いてしまった。もう閉ざせない。

智宏は左手でレオンの肩《かた》を掴《つか》み、突っぱねようと無駄《むだ》な努力をする。

「可愛い抵抗だな、トモ」

レオンの指が、智宏のもっとも敏感《びんかん》な先端《せんたん》を捉《とら》えた。そこは先走りでねっとりと濡れて、レオンの指を濡らし、汚《よご》していく。

「んぅ……っ」

先端の縦目を、円を描《えが》くように指の腹で撫で回されたかと思うと、くびれの部分をくすぐるように刺激される。

閃光《せんこう》のような快感に貫《つらぬ》かれ、智宏は自分の体をコントロールできなくなった。

「あ、あぁ……っ…そこはもう……っ」

智宏は無意識のうちに腰《こし》を振り、もっと強い刺激がほしいとレオンを誘う。

「どうしてほしいか言ってみろ。どうすれば、トモは喜んでくれる？」

レオンは意地の悪い言葉を囁きながら、智宏の雄から手を離した。

「あ……」

刺激を打ち切られた智宏は、咎《とが》めるような視線でレオンを見たが、彼と目が合った途端《とたん》、慌てて視線を逸《そ》らす。

この状態で放《ほう》り出されるのは辛《つら》い。

智宏はレオンに「続けてくれ」と言うこともできず、かといって彼の見ている前で自分で処理することもできず、唇を噛《か》みしめる。

「また血が出るから、唇を噛むのはやめろ」

レオンは自分の舌で智宏の唇をなぞり、そのまま数回軽いキスをした。

「じ……焦《じ》らす……な」

ああもうっ！　こう言うしかないだろうっ！　気持ちいいんだからっ！　ゲイでなくとも、気持ちいいものは気持ちいいんだっ！

智宏は開き直ると、レオンの右手を掴んで自分の股間《こかん》に押し当てる。

「早く……、つ……続き……」

「今はそれが精一杯《せいいっぱい》か」

レオンは諦《あきら》め気味に笑い、腹につくほど硬《かた》く反り返っている智宏の雄をそっと摑んだ。

「ん……っ」

他人に快感をコントロールされ、快感を引きずり出される。

愛撫《あいぶ》を受けているのは雄だけなのに、過剰《かじょう》に反応してしまう。智宏は、体中の性感帯を刺激されているような感覚に陥《おちい》り、それが恐《おそ》ろしくなってレオンにしがみついた。

「レオン……も……俺……っ」

「もう我慢《がまん》できないのか？」

とろけるような優しい微笑《ほほえ》み。

智宏は、映画で観《み》たレオンのベッドシーンを思い出した。

自分は男なのに、彼の相手役を務めているような気持ちになる。

恥《は》ずかしいのに嬉《うれ》しい。

嬉しいだって？

智宏は慌てて今の思いを否定した。

「もう……イカせろ……」

快感に染まった顔で偉《えら》そうに言っても、可愛いだけだ。レオンは愛《いと》しさに目を細めると、智宏に最後の刺激を与《あた》える。

「あ、あ……っ……いやだ……バカ……っ……見るな……っ！　見るな……っ！」

どうせ見るなら、下半身を見ろ。俺の顔を見るんじゃないっ！

智宏は必死に「見るな」と声を上げたが、レオンはそれを無視した。

激しい羞恥心《しゅうちしん》に快感が混ざり、いつもより長く絶頂が続く。

智宏は、自分を見つめるレオンの視線に耐《た》えながら、何度も精を吐《は》き出した。

「片手しか使っていないのに、こんなに感じてくれるとは思わなかった。俺は今、どうしようもなくトモが愛《いと》しい」

智宏のTシャツに飛び散った吐精《とせい》を見つめ、レオンは感動の声を出す。

だが智宏は、他人の見ている前で射精してしまい、自己嫌悪《けんお》に陥った。

「トモ。本当に可愛い。絶対に離さないからな」

レオンはロマンティックな気持ちに満たされ、智宏の頰《ほお》や額にキスを繰《く》り返す。

「そうですか……」

智宏は抑揚《よくよう》のない声で呟《つぶや》くと、しどけない格好のままレオンから離れた。

「大人しくしていろ。今、着替《きが》えを出してやる」

続きがありそうで怖いから、離れようとしてるんですっ！　好きな相手の「気持ちのいい顔」を見てしまったら、自分を抑《おさ》えることは無理でしょう？

智宏はとまどうが、レオンは演技派の俳優だけあって「クールに抑えた自分」を演じた。

彼は巨大《きょだい》なクロゼットを開け、その中からTシャツを一枚出した。

「そのままじゃ、ロランたちの前に行けない。着替えろ」

「はあ……」

智宏は汚れたTシャツを慎重《しんちょう》に脱《ぬ》ぎ、渡《わた》されたTシャツに着替える。

「Tシャツの柄《がら》が違うと言われたら、適当にごまかせ」

「なぜ……」

「ん？」

「なぜ……我慢できるんですか？　あなたが『愛している』と言った相手が、それはもう凄《すご》いことになったんですよ？　誘ったも同じです。普通《ふつう》なら『我慢できない』と、なし崩《くず》しにセックスしませんか？　それが男という生き物でしょう？　そのままで辛《つら》くないんですか？」

自分でもおかしなことを言っていると思う。

だが智宏は聞かずにいられなかった。

「お前は自分で何を言っているのか分かってるのか？　『どうして抱《だ》いてくれないんだ？』と言ったんだぞ？」

レオンは、ベッドに腰を下ろしたままの智宏に自分の顔を近づけて苦笑《くしょう》する。

智宏はしばらくレオンの顔を見つめていたが、やっと気がついたのか冷静な表情のまま、顔を真っ赤にした。

「可愛い。トモが協力してくれるなら、俺のこの……」

「そのサイズは許容範囲《はんい》外です。どこにも入りません」

自分の股間に片手を置いたレオンの言葉を遮《さえぎ》り、智宏は断言する。

「大丈夫《だいじょうぶ》。まずは口で試《ため》してみようじゃないか」

「私はリビングに戻《もど》ります」

智宏は、ファスナーを下ろそうとしているレオンを無視して立ち上がると、一度もレオンを見ずにマスターベッドルームを出た。


三十組の薔薇の花束は全《すべ》て解体され、リビングの床《ゆか》は薔薇の絨毯《じゅうたん》と化していた。

「おい村瀬、見てみろ。こんなに種類があるとは思わなかった」

紗霧はテーブルの上に所狭《ところせま》しと並べられたアダルトグッズを指さして、ため息をつく。

その横で、ロランはメッセージカードを見つめてしかめっ面《つら》をしていた。

「これが花束の中に入っていたんですか？」

よかった。レオンと二人きりで長い間寝室《しんしつ》にいたのに、鋭《するど》い突《つ》っ込みがない。

智宏はほっと胸を撫《な》で下ろすと、冷静な表情で紗霧の横に移動した。

「そう。未開封《みかいふう》で三十個。薔薇の花束と合わせると結構な値段だ。レオンさんのファンって、こんなことを平気でするのか？　おい」

「俺に振《ふ》らないでください。常識あるファンは、こんないやらしいことはしません」

「そうだよなあ。男にバイブやローターを贈《おく》るってこと自体、非常識だ」

紗霧の呆《あき》れ声に、智宏は深く頷《うなず》く。

「贈り主はどうやら……東京タワーで騒《さわ》ぎを起こした女性のようだね。これを順番に読んでごらん」

ロランは指で目頭《めがしら》を押さえ、メッセージカードの束を紗霧に渡した。

「ええと……『マミは今日出会えたことを、運命の神様に感謝♪』『邪魔者《じゃまもの》がいなければ、熱いひとときが過ごせたのに』『強引《ごういん》に引き離《はな》されて悲しかったね…』『レオンの年の数だけ花束を贈ります』『サプライズプレゼントはちょっぴり桃色《ももいろ》★』『今度会った時に、それを使って私を……』あー……もうこれ以上は読めない。辛い」

紗霧は顔を赤くして、渋《しぶ》い表情を浮《う》かべる。

「聞いている方も辛いです。体が痒《かゆ》くなりました」

智宏はTシャツの上から体を掻《か》いて、眉間《みけん》に皺《しわ》を寄せた。

「ホテルに帰ってきたのが午後六時。数時間でこれだけのことをするとは、グルーピーとはいえ感心する」

「ここを探し当ててグッズを買って、花束とともにラッピングして配送手続き。執念《しゅうねん》ですね。グルーピーというよりストーカーでは？」

紗霧の問いかけに、ロランは「そうだね」と力なく答える。

「それでもホテルに押しかけてこないだけ、シュガーベイビーズよりはマシだ」

ゴージャスになった股間をどうにか抑えたレオンが、タオルで手を拭《ふ》きながら現れた。

「それはそうだけど、来日二日目で居場所がバレるなんて最悪だと思わないか？」

「俺が思うに……」

レオンは床に敷き詰《し》《つ》められている薔薇を優雅《ゆうが》に蹴散《けち》らし、ソファに座って足を組む。

俺様王子様レオン様だ。

紗霧と智宏は心の中で仲良く呟きながら、彼の次の言葉を待つ。

「その女の子は、俺の居場所を誰《だれ》にもバラさないはずだ。なぜなら、バラしてしまったら競争相手が増える。『レオンを独り占《じ》めにしたいの。うふっ』と思う気持ちが強ければ強いほど、己《おのれ》の力をフルに使って単独行動に走るだろう」

「ですが、そうなると逆に危険です。大勢のファンならば、相手がどうでるか牽制《けんせい》し合うでしょうが、単独ですと行動に抑制《よくせい》が利《き》かなくなる。その例が、コレです」

智宏はテーブルの上に置いてあった箱入りバイブレーターを摑《つか》むと、レオンの目の前に差し出した。

「俺は自分自身で勝負すると心に決めているんだが、トモが使ってほしいなら、今夜にでも使ってやろう」

ロランは頬を引きつらせ、紗霧は何も聞いていない振りをする。

そして智宏も、きれいさっぱりレオンの言葉を無視した。

「女性一人で三十点ものアダルトグッズを買うというのは、羞恥心を刺激《しげき》される大変勇気がいる行為《こうい》です。ですがこの女性……マミちゃんは成し遂《と》げました。しかもヴァン・スミス・エージェンシーの名を騙《かた》るという犯罪行為も犯《おか》している。まさに、一騎当千《いっきとうせん》の手強《てごわ》い敵です」

おい、村瀬。「一騎当千」は違《ちが》うだろう。

紗霧は訂正《ていせい》しようとしたが、レオンとロランが感心して聞いていたので、心の中で突っ込むにとどめた。

「で？　トモは俺にどうしてほしいんだ？」

「敵はホテルを張り込んでいると思われますので、観光は一旦《いったん》キャンセルするのがベストだと思います」

「まだ日本に来て二日しか経《た》っていないんだぞ？　俺は天ぷらも鮨《すし》も蕎麦《そば》も食ってない。芸者だって見てないし、地下鉄にも乗ってない」

「地下鉄でしたら、今日乗りました」

「今日乗った地下鉄じゃなく、こう…ホームに透明《とうめい》の壁《かべ》がついていて、落下防止になってる美しい地下鉄」

智宏はしばらく考えたあと、分かったと頷いた。

「南北線《なんぼくせん》は移動したり消えたりしません。帰国前には見学に行けると思います。食事は、バトラーに希望のものを注文してくだされば済みます」

「絶対に嫌《いや》だ。俺は仮面を被《かぶ》ってでも、都庁とビッグサイトを見に行く。日本の危機には合体してロボットになるんだろう？　さすがはアシモとアイボを作った国だと感心したんだっ！」

智宏は、自分より六歳も年上のハリウッドスターが駄々を捏ねて頬を膨らます様子を冷ややかに見つめる。

「仮面を被って出かけたら、都庁に辿《たど》り着く前に逮捕《たいほ》されます。そして日本の建築物は巨大ロボットになどなりません」

「ジョークだ」

「笑えないどころか、頭の中を疑います」

本当かもしれないが、それは言い過ぎ！

紗霧は慌《あわ》てて智宏の肩《かた》を叩《たた》くと、レオンに向かって「申し訳ありません」と頭を下げる。

レオンは険しい表情をしたままだが、ロランが笑い出した。

「そこまでストレートな意見を言うボディーガードは初めてだ。コメディショーを見ているようで楽しかったよ。そして私も、村瀬君の意見に賛成だ」

「ロラン、あのな……」

「私は君のエージェント。危険と分かっていて、わざわざ出かけると思うか？　帰国するまでずっとホテルにいろという訳じゃないんだから我慢《がまん》しろ」

「脱走《だっそう》してやる。脱走して、一人で観光に行ってやる。俺は異文化を堪能《たんのう》するために日本に来たんだ」

レオンは呪《のろ》いの言葉を言うように低い声で呟《つぶや》くと、薄気味悪《うすきみわる》く笑った。

今の彼なら、本当に脱走しかねない。脱走されてももしものことがあったら、ガーディアン・

ローブの名と自分のプライドに傷がつく。

智宏は意を決して、レオンの前に膝《ひざ》をついた。そして真剣《しんけん》な表情で彼の顔を覗《のぞ》き込む。

「レナード様」

「なんだ」

「あなたが愛している相手の、切実な願いを聞いてください」

仕事だからっ！　ほとぼりが冷めるまで、レオンをホテルに繋《つな》ぎ止めておくための作戦だからっ！　肉を切らせて骨を断《た》つってやつだからっ！

智宏決死の発言に、レオン以下三名の動きがぴたりと止まる。

レオンは美形らしからぬだらしない微笑《ほほえ》みを浮かべ、ロランは顔中に怒《いか》りマークを付け、紗霧はしょっぱい顔をして沈黙《ちんもく》した。

「い……今の台詞《せりふ》でテイク２」

「私を愛してくださっているなら、私のお願いも聞いてくださいますね？」

「Yes!」

「ほとぼりが冷めるまで観光せず、私と一緒《いっしょ》にホテルにいてくださいますか？」

「Yes! Yes, of course!」

レオンは答えながら智宏に向かって両手を伸《の》ばす。しかし彼は素早《すばや》く身をかわして、ロランと紗霧に親指を立てて見せた。

「ということで、私たちが安全を確認《かくにん》するまで、レオン様はホテルにいることを承諾《しょうだく》してくださいました」

「失礼なことを言うが、村瀬君。ボディーガード以外の仕事はしないでいいからね？　もしレオンがアクションを起こしてきたら、顔以外は殴《なぐ》っていい。私が許可する。また、君がレオンに対してアクションを起こしたら、私は君と会社相手に裁判を起こすからそのつもりで」

「承知しました」

深々と礼をする智宏の後ろで、レオンが「騙《だま》したな…」と怒鳴《どな》り、足で薔薇《ばら》を蹴散《けち》らす。

智宏はくるりと後ろを向き、腹が立つほど冷静な顔で言った。

「先に騙したのはそちらです。そして怪《あや》しいグッズは、こちらで破棄《はき》させていただきます」


マミちゃんアクシデントによる計画見直しのため、智宏は紗霧の部屋に移動していた。

レオンはというと、ロランが見張っている。

「お前な……」

紗霧は座り心地《ごこち》のいいゴージャスなソファに腰《こし》を下ろし、向かいに腰を下ろした智宏を見つめた。

「話の腰を折ったかもです。少々怪しげなことを？」

「お前、そりゃどの映画の字幕スーパーだ。文字制限はないんだからちゃんと話せ、ちゃんと」

「申し訳ありません。少々気が動転しているようです」

智宏はそう言って、「何か飲みましょう」と立ち上がる。

「カウンターバーの冷蔵庫にミネラルウォーターが入ってる。取ってこい」

「はい」

どことなくおぼつかない足取りの智宏は、冷蔵庫からグリーンの瓶《びん》を二本持って戻《もど》った。

「どうぞ」

「おう。……で？　何を聞きたいんだ？」

「先輩《せんぱい》は、男性に迫《せま》られたことはありますか？」

瓶に口をつけようとしていた紗霧の動作が止まる。彼は気を取り直して二口ばかり飲むと、瓶をテーブルに置いた。

そして沈黙したまま智宏を見つめる。

「沈黙ということは、イエスと取っていいんですね？」

「ノーコメントだ」

「ですが……」

「お前は、俺が一生懸命《けんめい》薔薇の花束を解体しているときに、レオンさんに迫られてエロいことでもしていたのか？」

「していたのではなく、されたんです」

「また抱《だ》きしめられてチュー？　それぐらいなら、まあ事故と思ってやる」

智宏は紗霧から視線を逸《そ》らし、ミネラルウォーターを飲んだ。

「それ以上のことか？　おい、勘弁《かんべん》してくれ。新人ちゃん。ガーディアン・ローブには、確かに美形の社員しかいない。身長一七八センチ以上の、端整《たんせい》な成人男性というのが募集項目《ぼしゅうこうもく》に入ってるからだ。突《つ》っ込みどころ満載《まんさい》の項目だが、本社の社長の趣味《しゅみ》だから仕方がない。だが、うちの仕事はボディーガード。愛人派遣《はけん》会社じゃないんだぞ？　相手が迫ってきたら、スマートにいなせ。簡単に押し倒《たお》されるな。お前の研修チームを指導したのは誰《だれ》だと思ってる？　俺だぞ？　俺の顔に泥《どろ》を塗《ぬ》るような真似《まね》はするな」

畳《たた》みかけるような紗霧の叱咤《しった》に、智宏は瓶を持ったまま項垂《うなだ》れる。

「相手は世界的セレブ。こっちは一介《いっかい》のボディーガード。『ローマの休日』じゃあるまいし、つかの間のロマンスなんてあり得ない」

先輩、俺はゲイじゃないので、男性スターとロマンスは無理だと思います。

そう言ったら、入社当時から今までの失敗を並べて叱《しか》られそうだったので、智宏は心の中で呟いた。

「……で？　結果的にはヤラれたのか？　それともヤッたのか？　どっちだ？」

「ヤ……ヤラれ……かけ……」

項垂れた智宏の耳が真っ赤になっている。おそらく顔も真っ赤だろう。

「相手は遊びだからと割り切るつもりなら、このまま彼のボディーガードを続けろ。無理だと思ったら、速《すみ》やかに交代だ」

智宏は真っ赤な顔を上げて、首を左右に振《ふ》った。

「返事は前と変わりません。俺は最後までレオンのボディーガードをします」

「だったら何で、俺にふざけた質問をする。レオンさんが気になっているからだろう？　大枚はたくほどファンをしている相手だぞ？　迫られれば男だろうがどうでもよくなるんじゃないか？　もしクライアントとボディーガード以上の関係になったらどうする。相手は一ヶ月後にはアメリカに帰る人間だ。ヘコむのはお前の方だぞ」

口は悪いが、自分を心配してくれているのがよく分かる。智宏は紗霧の不器用な優しさに感謝しつつも、無表情で言い返した。

「そこまで進展していませんし、進展させる気もありません。俺はストレートです」

「そんな赤い顔で言っても、信用できるか。お前は危なっかしい」

「まだ新人ですから、おぼつかないことも多々あると思います。ですが、どんなプロでも、最初は新人です。俺はレオンと、余計な関係にはならない。彼は俺をからかって遊んでいるだけです。彼は演技派なので俺はすぐ騙される。それに、俺がレオンの大ファンだということはもうバレていますから……」

紗霧はジーンズのポケットからハンカチを取り出すと、黙《だま》って智宏の顔を拭《ふ》く。

「な、何を……」

「怖《こわ》いから無表情で泣くな」

「泣いてません」

何で俺が泣かなくちゃならないんだ？　レオンが出演している映画を観て泣いたことはあるけど、本人のことを思って泣くなんて……あり得ないだろう？　気持ち悪いじゃないか。

智宏は眉間《みけん》に皺《しわ》を寄せて思った。

「自覚もないのか？　昨日会ったばかりの男なのにと思ったが、よくよく考えてみれば、お前は何年も前からレオンさんを知っていたんだよな。そして向こうも、お前の写真を見て気に入っていたと」

紗霧は智宏にハンカチを持たせ、ソファに沈《しず》み込んで長い足を無造作に組む。

「…………いっそ、行くところまで行っちゃうとか」

「は？」

「腹をくくれば、それも一つの道」

「俺の進む道に、横道は一つもありません」

「顔を合わせてたった二日でそのざまだぞ？　これはもう恋《こい》だろう。ゲイだけど」

この先輩は、いたいけな後輩に茨《いばら》の道を歩ませる気か？

智宏はハンカチを握《にぎ》りしめたまま、愕然《がくぜん》として紗霧を見つめた。

「表情が読めないが、もしかして怒《おこ》ってるのか？」

「当然です」

「だが、レオンさんといるときは、もっと表情が顔に出たりして」

す、鋭《するど》い。だてに俺より年を取っているわけじゃないってことか。

答えられない智宏に、紗霧は人なつこい笑《え》みを向ける。

「心身共に素直《すなお》になれる相手を見つけられて、よかったな」

「先輩は、どうあっても俺にゲイの茨道を歩かせたいんですか？」

「まさか。……というか、自分の進む道が分かっているなら、どうしようと俺に相談するな」

全くその通りだ。「何があってもストレートの道を歩む」と確信していれば、先輩に話をしなくてもよかった。しかし俺は……。

冷静な智宏の瞳《ひとみ》から、ぼたぼたと涙《なみだ》が零《こぼ》れ落ちる。

「あれ？」

自分でも止めようがないのか、彼はハンカチでぬぐいながら苦笑《くしよう》を浮《う》かべた。

「泣くときは泣く顔をしろ。バカ」

「俺は……レオンに会うまでは、本当に嬉《うれ》しくて浮かれてて……許されるなら、いろんなことを話したい、上手《うま》くいけばメル友ぐらいにはなれるかなとか、そんなことを思ってたんです。でも現実はそんな甘くなくて。メル友どころか、現地妻になりそうです。彼が何を言っても、映画の台詞《せりふ》にしか聞こえません。写真で一目惚《ひとめぼ》れして、俺を見て二度惚れだとか、愛してるとか言われてキスされても、演技としか思えないんです。それで騙《だま》されたし。でも、どんなに幻滅《げんめつ》しても嫌《きら》いになれないんです。やっぱり俺、レオンの大ファンなんですよ。好きでたまらないんです」

なんか、物凄《ものすご》い告白を聞いたような気がするが、俺の気のせいにしておこう。

紗霧は「これは本人同士の問題」と考えた。

「まあ……相手は俳優だから、演技が上手いのは当然だと……」

「先輩、俳優だから演技が上手いというのは大間違《おおまちが》いです」

智宏は乱暴に涙をぬぐい、真剣《しんけん》な表情で語り出した。

「レオンの演技は、そこいらの俳優とはわけが違うんですよ？　これだから年に数回しか映画を観《み》ない人は困るんです。レオンがいかに素晴らしいか全く分かっていない。代表作は助演男優賞を取った『ビクトリアの森』と言われていますが、むしろ『サイレント・プレイス』が代表作だと俺は言いたい。クリーンなイメージのレオンが初めて汚《よご》れ役をしたんです。しかもなり切っていた。あのラストは、何度観ても涙が出ます。男泣きです。まだ観ていないなら、俺が公開版とディレクターズカット版と完全版のＤＶＤを貸しますから、観てください」

「冷静に泣きながら、熱く語るな。子供が泣くくらい怖い顔をしてる」

これ以上聞いていられないと、紗霧は智宏の頭を叩《たた》いて話を中断する。

「すいません……。部屋に戻《もど》ります」

「その前に顔を洗って行け。涙と鼻水で酷《ひど》いことになってる」

智宏はゆっくり立ち上がって、バスルームに向かった。

「変更《へんこう》予定は、俺が立てておくか」

今のあいつは、レオンのことで頭の中がいっぱいだもんな。

紗霧は智宏の頼《たよ》りない後ろ姿を見つめ、小さなため息をついた。

一方レオンも、ロランに油を絞《しぼ》られていた。

「本当に分かっているのか？　レオン。私の計画では君は、三年後に主演男優賞を獲《と》ったあと、監督《かんとく》業にも乗り出して、まずは作品賞。その後、監督賞。最後には主演、作品、監督の三賞を獲ることになっている。脱走《だっそう》して観光を続けようなどと思うな？　大事が起きてからでは遅《おそ》いんだ。君のせいで日米間に亀裂《きれつ》が入ったらどうする。いやそれは大げさか。とにかく、レッドカーペットを歩き続けたいなら、ほとぼりが冷めるまでは大人しくしろ。ついでだから言ってしまうが、ボディーガードに対してゲイまがいの行動は慎《つつし》め。いや、するな。幸いにも村瀬君は常識人のようだから、君の行動は悪ふざけだと思っている。日本人と付き合うなとは言っていない。日本人の男性と付き合うなと言ってるんだっ！」

レオンはロランのお小言を右から左に聞き流し、適当に頷《うなず》く。

「……君はストレートじゃなかったのか？」

「トモの写真を見るまでは、ストレートだった。トモは俺の世界を一変させた男だ。いくらロランの頼《たの》みであっても、彼を諦《あきら》めることはできない」

「まだ会って二日しか経《た》っていないぞ？　おい」

「俺がトモの写真を見たのは、二週間も前だ。恋に落ちて思いを馳《は》せるのに、十分過ぎる時間だと思うが、違うか？」

ああ言えばこう言う。

ロランは両手で顔を覆《おお》い、ソファに沈み込んだ。

「……レオンが本当に村瀬君を愛しているとしても、彼は男だから信じない。『ははは。レオンは演技が上手いなあ』で終わるぞ？　レオンが男に振られるところなど、私は見たくない。そんな格好悪いレオンは、レオンじゃない」

あー、ロランって俺の素《す》を知っているくせに、「理想のレオン像」ってものを持ってたのか。

レオンはしみじみとロランを見つめた。

「とにかく、彼とはボディーガード以外の関係になるな。少しでもおかしいと思ったら、私の権限でボディーガードを交代させるぞ」

「おい、ロラン」

「問答無用の助《すけ》っ！」

余分な言葉がついているが、それははたして合っているのか？

レオンはくだらないことを質問しようとしたが、火に油を注ぎそうだったので口を噤《つぐ》んだ。

そこに、智宏が戻ってくる。

「ロランさん、席を外して申し訳ありませんでした」

打ちのめされるようなことを紗霧に言われたのだろうか。智宏は、この部屋を出て行ったときよりもしょんぼりしているように見える。その姿が凄く可哀相《かわいそう》で、彼にもう一度釘《くぎ》を刺《さ》そうと思っていたロランは、何も言わずに自分の部屋に戻った。

「今夜は鮨《すし》だぞ」

智宏は小さく頷くと、レオンの側《そば》には行かず、リビングの外れに椅子《いす》を引っ張ってそこに座った。

「トモ。こっちにこい」

「私はボディーガードですので、所定の位置に就《つ》きます」

「俺を守るなら、俺の側にいろ」

「それはあなたの理屈《りくつ》です」

頼むから、今は俺を放《ほう》って置いてくれ。いろいろと整理しなければならないことがあるんだ。あんたに話しかけられると、冷静でいられない。

智宏はレオンに視線を向けず、壁《かべ》を見つめたまま言った。

「ならば、俺がお前の側に行く。ずっと一緒《いっしょ》にいると言ったよな？　文字通り、ベッドの中まで一緒だ。観光できない辛《つら》さを、お前の愛で埋《う》めろ」

レオンはずるずるとスツールを引きずり、智宏の隣《となり》に腰掛《こしか》ける。

「退屈《たいくつ》でしたら、テレビゲームを用意しましょうか？　それとも雑誌を取り寄せますか？」

「何もしない」

彼はそう言うと、智宏の肩《かた》に自分の頭を乗せて甘えた。

「あの……」

「『お前のぬくもりを忘れないように、自分の体に教えている』」

「『私はあなたのぬくもりを忘れたいわ。覚えていても苦しいだけですもの』」

「『どうして君は、そんなに意地悪なんだ？』」

「『あなたが私を、そう変えたのよ』。……『ビクトリアの森』の、スチューとビクトリアの会話ですね」

「よく覚えているな」

レオンは小さく笑って、智宏の背中を軽く叩く。

「私はレナード・パーシヴァントのファンですから」

「ファンだった、じゃないのか？」

「何とでも言ってください……って、どこを触《さわ》ってるんですか」

智宏は、自分の太ももに指で「Q」の字を書いているレオンに、冷たい声で言った。

「苛《いじ》めないから、恋人《こいびと》同士の絆《きずな》をもっと深めよう」

「私たちは恋人同士ではないので、絆は深まりません。レオンさんは思いこみが激しいですね」

智宏は、自分にへばりついているレオンを離《はな》すため、いきなり立ち上がる。

「鮨ということは……、ここに板前が来て握《にぎ》ってくれるんですか？」

「そうらしい。ロランがバトラーに手配を……って、鮨の話はいいから、ここへ座れ。ここ

す」

レオンは自分の膝《ひざ》をぽんと叩き、智宏に微笑《ほほえ》んだ。

「ならば食事の前に、床《ゆか》に散らばった薔薇《ばら》の花を掃除《そうじ》しなくては。ルームキーパーを呼びま

へ」

「俺の話に合わせろ。命令だ。事務的な話をするんじゃない」

「脚本《きゃくほん》以外は覚えられないんですか？　あなたはクライアント、私はボディーガード。何度も言ったではありませんか。そこに恋愛《れんあい》を絡《から》めないでください」

頼むから、本当に頼むから、もっとビジネスライクになってくれ！　暑苦しい感情を押しつけるなっ！　言うな！　態度で示すなっ！

智宏は心の中で力の限り叫《さけ》び、サイドボードの電話に手を伸《の》ばす。

「……トモはシャイな上に頭が固い。俺たちはもう、他人じゃないのが分かっていないんだな。どうすれば、理解できるんだろう」

勝手に言ってろ！

レオンの、わざとらしい大きな独り言は、まだ続く。

「トモを愛する気持ちを表現しても、演技だと思われてしまう。確かに俺は、素晴《すば》らしい表現力を持っているが、それは持って生まれた才能だから隠《かく》しようがない。だがそれは、能ある鷹《たか》の爪《つめ》だから仕方がないことなのに……」

知ったかぶりはやめろ。能ある鷹の爪は、隠れてる。

智宏は忌々《いまいま》しげに心の中で突《つ》っ込むと、ルームキーパーを手配した。

極上《ごくじょう》の鮨を食べても、江戸前《えどまえ》の天ぷらを食べても、芸者を呼んで遊んでも、レオンのフラストレーションは高まるばかりだった。

「トモ」

けだるい昼下がり、レオンはソファにトドのようにだらしなく横たわったまま、スーツ姿で向かいのソファに座っている智宏に声をかける。

「なんでしょう」

智宏は読んでいた新聞から顔を上げ、首を傾《かし》げた。

「外に出たい」

「社の別部隊から、ストーカー・マミちゃんは、まだホテルの周りをうろついているとの報告を、今朝聞いたと思いますが」

「ストーカーの一人や二人なら、振《ふ》り切って逃《に》げる。だから観光させろ。今日で何日経ったと思ってる？　四日だぞ？　四日。このままじゃ、俺は日本が嫌《きら》いになってアメリカに帰る羽目になる。しかもトモは、サギリの部屋で寝《ね》てるし。俺がそんなに信用できないか？」

「別の部屋で寝るのは、ロランさんの要望です。昼間はこうして一緒にいるのですから、一緒にいようと言った約束は破っていませんよ？」

「一緒にいても触《さわ》れないなら意味がない。なんて暴力的なんだ？　トモは」

レオンは勢いよく起きあがるとプルオーバーをめくり、ほんのり赤くなっている腹を見せる。

「私はロランさんから『首から下限定、レオン暴行許可』を頂いていますので。もう二度と、あのような非常事態には陥《おちい》りません」

「だからといって、真に受けて殴《なぐ》るか？」

「私の拳《こぶし》をまともに受けず、避《よ》ければいいと思います。護身術を習っていて、本当ならばボディーガードは不必要だとご自分でおっしゃったではありませんか」

それに俺は、かなり手加減しているぞ。いくら首から下といっても、大ファンのスターを殴るのは勇気がいるんだ。俺のこの辛い気持ちを、少しは察しろ。

智宏は視線を新聞に戻《もど》した。

「トモ」

「なんでしょう」

「愛してるからキスさせろ」

「いやです」

「俺の手でイッたくせに、今更《いまさら》いやだと言うな。俺はな、毎晩あのときのことを思い出して、こう……自分の……」

「それ以上は言わなくて結構です」

智宏は冷静に言ったつもりだが、レオンはにやにやと気味の悪い笑みを浮《う》かべて、彼の隣に移動する。

「トモ。耳が赤い。恥《は》ずかしいのか？」

「……殴りますよ？」

「怒《おこ》るな。今から面白《おもしろ》いものを見せてやるから」

レオンはジーンズのポケットから一本の紐《ひも》を取り出すと、智宏の前でゆらゆらと揺《ゆ》らした。

「何ですか」

「マジック。簡単だが、みんな面白いくらいに引っかかるんだ。ちょっと両手を貸せ」

普段《ふだん》なら「バカバカしい」と言って相手にしないのだが、軟禁《なんきん》状態のレオンの機嫌《きげん》がよくなればと、智宏は素直《すなお》に両手を差し出す。

「これをこうして……ここで縛《しば》る」

「……で、この紐は私の親指を通り抜《ぬ》けて解《ほど》けるんですね？」

どんなトリックなのか知らないが、面白そうだ。ほかの手品も知ってるなら、いい暇《ひま》つぶしになるじゃないか。空中浮遊《ふゆう》のカードマジックとかやってくれないかな。

両手の親指をきっちりと紐で括《くく》られた智宏は、無邪気《むじゃき》にそんなことを思った。

「解ける？　まさか」

レオンは智宏に、勝ち誇《ほこ》った微笑みを見せる。

「両手の親指を縛れば俺を殴ることもできないし、上手《うま》く体を動かすこともできない。素晴ら

しいことに解くのも大変だ。ボディーガードのくせに、そんなことも知らないのか？」

知ってるさっ！　というか、謀《はか》られたっ！　あーもーっ！　俺のバカっ！

智宏は顔全体で悔《くや》しさを表現すると、自分の顔を両手で押さえるレオンを睨《にら》んだ。

「『メアリー・アンダー・ザ・ローズ』の中にも、全く同じシーンがあるのを忘れたか？」

ああそうだっ！　そうだった！　だがちょっと待て。これは確か、メアリーが乱暴されるシーンじゃないかっ！

智宏の背中に冷や汗《あせ》が流れる。

「ああ、怖《こわ》がってる怖がってる。いいぞトモ。ちゃんと表情が出ている」

「レオンはファンを大事にするんじゃなかったんですか？」

「お前は俺のファンでなく、俺の世界を一新させた、可愛《かわい》い恋人だ。今から俺は、溜《た》まりまくった情熱を弾《はじ》けさせる。恋人たちの甘く淫《みだ》らな時間を過ごそう」

「悪ふざけもいい加減にしろっ！」

「いつになったら、俺が本気だということが伝わるんだ？」

レオンは呆《あき》れ顔で呟《つぶや》くと、智宏の唇《くちびる》にキスをした。

智宏は自分の唇が、彼の柔《やわ》らかな優《やさ》しい感触《かんしょく》を覚えていることに驚《おどろ》く。

安心させ、体の力を抜かせるように触れるだけのキスが数回。それから、舌がゆっくりと入って来て、宥《なだ》めるように口腔《こうこう》を愛撫《あいぶ》する。

ダメ。このキスは気持ちよすぎる。反則だ。

智宏は抵抗《ていこう》することを忘れ、レオンのリードに身を任せる。

キスだけなのに、もっと先のことを想像してしまう。智宏はそんな自分が恥ずかしくて、顔を真っ赤に染めた。

「こうやって、絶対に抵抗できない状況《じょうきょう》を作らなければ、トモは素直に言うことを聞いてくれないのか。ようやく分かった」

名残惜《なごりお》しそうに唇を離して、レオンは深く頷《うなず》く。

「当然だ。普通《ふつう》に……あんたとキスができたら……俺はゲイだ」

「俺だってそうだ。男に恋《こい》をしたのはお前が初めてだ」

「そんなこと……気休めにも……」

むしろ、自分にはゲイ因子があるのかと落ち込むって……。

智宏は目を伏《ふ》せて、投げやりに言った。

「ほかの男になど目もくれない。お前だけを愛している。お前は俺のオンリーワン」

「ファンでいるだけじゃ……ダメなのかよ」

「ダメだ」

レオンの指が智宏のネクタイを外し、ワイシャツのボタンも外していく。

勘弁《かんべん》してくれ。あんたは輝《かがや》かしい前途《ぜんと》があるハリウッドスターなんだぞ？　こんなところで俺をからかうのはやめろ。わがままで俺様なあんたを認めてやるから。いつまでも大ファンのままで、あんたのグッズに金を落としてやるから。だから、これ以上俺を混乱させるな。

心は雄弁《ゆうべん》なのに、口がついていかない。

智宏は複雑な表情を浮かべたまま、ワイシャツのボタンを外し、左右にはだけるレオンを見つめた。

「なんでこんなに大人しいんだ？」

「この状態じゃ……抵抗しても無意味だ」

「また泣く？」

「誰《だれ》が……泣くか……っ」

声が掠《かす》れて裏返る。

智宏は頬《ほお》の筋肉がぴくぴくと痙攣《けいれん》するのを感じ、急いで口を噤《つぐ》む。鼻の奥に痺《しび》れるような痛みを感じたが、それを無視してレオンを睨んだ。

「俺はトモのその目に、一番最初に惹《ひ》かれた。黒くて艶《つや》やかで、生意気で気位が高い、自ら主《あるじ》を選ぶ宝石のようだ」

レオンの賛美は芝居《しばい》がかっていて、嬉《うれ》しいよりも気恥《きは》ずかしい。

「それは……あんたの言葉なのか？」

「ん？」

「俺にはあんたの本心が見えない」

「また苦い言葉を言う。考えるんじゃない、感じろ」

その台詞《せりふ》を言ったのは、ブルース・リー。

こんなときに突《つ》っ込みを入れてしまう自分がバカらしい。

智宏は、あまりのバカバカしさに苦笑《くしょう》した。

「あ、笑った。もっとにっこりしてくれると嬉しいな」

「もったいないから見せない」

「見せないじゃなく、できないだろ？」

レオンはそう言って、智宏の素肌《すはだ》を指先でなぞる。

「……っ！」

ほんのり冷たい指に、智宏は体をびくつかせて息を呑んだ。

「俺の愛を、先にお前の体に教えてやる」

智宏は「教えなくていい」と言う前に、また唇を塞《ふさ》がれる。

そしてレオンの指で、両方の胸の突起《とっき》を触られた。触られたなどと生やさしいものではない。なぞり、弾《はじ》き、引っ張るを繰《く》り返される。

「ん、ん……っ！」

小さな突起を強引《ごういん》に摘《つま》まれる苦痛と、そのあとにくる甘い痺れ。智宏はレオンに唇を塞がれたまま、どう反応していいのか分からずに体を震《ふる》わせた。

「トモはこういうときだけ、表情をよく変える」

唇を離《はな》したレオンは、彼の耳元に囁《ささや》いて笑う。

「そ…そんなところを触って……楽しいのか？」

「当然だ。可愛いトモの可愛いチク……」

「そのまま言うなっ！　聞いている方が恥ずかしいっ！」

触《さわ》られるだけでも恥ずかしいのに、名称《めいしょう》を言われたら撃沈《げきちん》するっ！　デリカシーのない変態スターめっ！　なんで俺、こんな奴《やつ》を好きになっちゃったんだろう……。

智宏はそう思ったあと、慌《あわ》てて「ファンとして好き」と訂正《ていせい》する。

「ここにキスしていいか？」

レオンはソファから降りて床《ゆか》に跪《ひざまず》き、智宏の胸の突起を指先でつついて尋《たず》ねた。

智宏は、「信じられない。そんなことをわざわざ言うか？」と顔全体で表現する。

「分かった。もうこれからは確認《かくにん》せずに動く」

「俺の言いたいことが分かったのか？　アブノーマル・スター」

「アブノーマルって……愛に国境と性別と嗜好《しこう》は関係ない」

レオンは真剣《しんけん》な顔で言うと智宏の胸に顔を寄せ、ぷくんと膨《ふく》れたそこにキスをした。

「ひゃっ！」

「『Oh, yes』とか『Good』とか言え」

「俺は日本人だっ！　そんな……そんな洋物エロビデオの女優みたいな台詞が言えるかっ！」

智宏は首まで真っ赤にして、両手でレオンの頭を叩《たた》く。だが力が入らないので、レオンにダメージは与《あた》えられない。

「別にビデオでなくとも、女性はこういう台詞を……」

「俺は男っ！」

「感情をあらわにしてくれるのは嬉しいが、俺はトモの怒《おこ》った顔ばかり見たいわけじゃない」

俺を怒《いか》らせているのは、どこのどちら様っ！

智宏は顔いっぱいに怒《いか》りマークを付ける。

「ごめんね。凄《すご》く愛してる」

レオンは苦笑して、ちょこんと小首を傾《かし》げた。

その、意外にも可愛らしい台詞と仕草に、智宏の胸がきゅんと締《し》め付けられる。

「い、いきなり……そう……謝られても……俺は……」

え、え、演技だ！　これは演技だっ！　俺はレオンに恋愛《れんあい》感情なんか持ってないんだから、胸をときめかせるな！　きゅんとなるな！　本気になって泣くのは俺だっ！

智宏は甘い心の痛みを必死に否定しているのに、レオンはなおも「可愛い仕草攻撃《こうげき》」で彼を攻《せ》めた。

「俺はトモを凄く愛してるけど……トモはほんの少しでも、俺を好き？」

レオンの潤《うる》んだ青い瞳《ひとみ》は、智宏が一生働いても買えない高価な宝石のようにきらめく。

ま、惑《まど》わされちゃだめだ。この変態スターのせいで、俺は数々の失態を晒《さら》しているんだぞ！

ロランさんに誤解されたり、こいつの前でとんでもないことになったり、泣いたり、先輩《せんぱい》の前で泣いたりっ！

智宏も負けじと、レオンをじっと見つめる。

「そんな……いたいけな瞳で俺を見つめるな」

「いたいけなんて言葉、よく知ってるよ」

「日本語を勉強したからな」

「だったら次は、慣用句とことわざを勉強しろ」

「別にそれは、今の職業に必要ない」

「俺とちゃんと会話をしたいなら、覚えろ」

二人の格好はエロエロなのに、交《か》わす会話は色気もそっけもない。

それにいち早く気づいたレオンは、肩《かた》を竦《すく》めて軌道《きどう》修正した。

「もう少し、恋人《こいびと》同士らしい会話をしようじゃないか」

その、まるでこっちが悪いような口ぶりに、智宏が切れた。

「この際だから言わせてもらうが、あんたのために俺がどれだけ情けなく悔《くや》しい思いをしたか、ちゃんと分かっているのか？　ゲイでもないのに押し倒《たお》されて、銭湯や温泉以外じゃ見せない場所を晒け出しただけでなく、とんでもないところまで見られた。大ファンのスターに、自分がイクところを見られたんだぞ？　これがどれだけ恥《は》ずかしいことか分かっているのか？　好きだ愛しているだと勝手に言って、俺の気持ちをそっちのけで押しまくる。これが女性なら、ばっちこーいだが、同性だ。悩《なや》んで当然だろうが。悩まない方が人として、いやストレートの男として間違《まちが》ってる。仕事をしなくちゃいけないのに、頭の中はあんたのことでいっぱいだ。それに男というのは、滅多《めった》なことでは泣かない。あんたが悪いんだ。何もかも全部、あんたのことさえ考えなければ、情けなくもならないし、泣くこともない。俺の頭の中を引っかき回しやがって。この変態スター」

智宏の冷静な早口。しかも長台詞。二度目とはいえ、レオンはところどころしか聞き取れなかった。

だがレオンは困惑《こんわく》するどころが、後光が見えそうなほど完璧《かんぺき》な「天使の微笑《ほほえ》み」を浮《う》かべる。

「あー……つまり、だ。トモの心の中は俺のことでいっぱいだと。俺のことを考えると、思わず泣いちゃうと。………可愛《かわい》いっ！」

レオンは力任せに智宏を抱《だ》きしめると、彼が呻《うめ》き声を上げたにも拘《かか》わらず「愛してる」と繰り返した。

「は、放せ……苦しいっ！」

「俺たちは既《すで》に恋人同士じゃないか。トモの恥ずかしがり屋さん」

違うとも言えないし、そうだとも言えない。

智宏はこの状態でもっとも適切な言葉が見つからず、途方《とほう》に暮れる。

それどころかレオンに押し倒されてしまった。

「なんで……こうなるっ！」

「今からベッドシーンの撮影《さつえい》に入ります。ワンテイクで撮《と》るので、NGがあってもそのまま」

「へ？」

レオンは智宏の頰《ほお》や額にキスを落とし、もぞもぞと両手を動かす。

「あ……っ……だから俺は……レオンの恋人じゃ……」

口ではそう言うが、智宏の体は早くもレオンの指にリードされた。

ドアに鍵《かぎ》はかかっているが、ロランと紗霧はこの部屋のカードキーを持っている。

彼らが入ってきたら、なんと言い訳をすればいいのだろう。

自分が嫌《いや》がっているならともかく、妙《みょう》な掠《かす》れ声を上げてレオンのいいなりになっている。

どうしよう。クライアントと親密な関係になっちゃいけないのに。それに俺たちは男だぞ？

ダメだって。ヤバいって。でも俺……。

レオンは智宏の胸にキスを繰り返しながら、スラックスのベルトを外してファスナーを下ろす。そして下着ごと膝《ひざ》まで下げた。

「レオン……っ」

「心配するな。トモが泣くようなことはしない」

彼は左手で智宏を抱きしめ、右手を智宏の雄《おす》に伸《の》ばす。

髪《かみ》と同じ色の柔《やわ》らかな体毛からは、既に欲望の固まりがそそり立っていた。

レオンは、雫《しずく》が溜《た》まっている先端《せんたん》をくすぐるように指の腹で撫《な》でる。

「あ…っ…」

「もっとトモを感じさせてくれ」

「や……」

智宏の心の中は「行くとこまで行っちゃえ」と「男としてどうよ！」にきっぱりと分かれ、

互《たが》いに鬩《せめ》ぎ合っていた。

俺、流されてる流されてる！　今は勤務中だろ？　勤務中にこんな……って、じゃあプライベートならレオンとこうなってもいいのか？　そのうちアメリカに帰る男だぞ？　自分とは違う世界の人間だぞ？　でも……でも今は……二人きりだ。

智宏は目を閉じて、思考を止めた。もう何も考えたくない。

こうして、レオンの愛撫《あいぶ》に身を任せたい。難しいことを考えるのは、全《すべ》てが終わってからでいい。

「ん……っ」

レオンは体を移動させ、智宏の胸の突起《とっき》にキスをしながら彼の雄をゆるゆると扱《しご》く。

智宏の雄は恥ずかしいほど雫を溢《あふ》れさせ、レオンの優《やさ》しい愛撫に応《こた》えた。

「レオン……紐《ひも》……」

抵抗《ていこう》しないから外してくれ。抱きしめさせてくれ。

智宏は彼の目の前に、親指が括《くく》られた両手を出した。

「俺の本気をやっと分かったようだな」

多分、きっと、一応……分かったのではないかと……。

智宏は曖昧《あいまい》に微笑み、すぐに視線を逸《そ》らす。

「これからは、甘い言葉を聞かせてくれ」

レオンは、紐で縛《しば》られた智宏の親指にキスをして紐をほどいた。

「悪いが、トモをベッドまで連れて行く余裕《よゆう》がない」

「も……いいから……っ」

智宏は、初めて自分からレオンの体を抱きしめる。

彼は、レオンから漂《ただよ》う気持ちのいい甘い香《かお》りを胸一杯《むねいっぱい》に吸い込んだ。

「トモ、愛してる」

レオンは智宏の胸にキスマークをつけながら、彼の性器を手の平で包んで柔らかく揉《も》む。

「ん……っ……あ……っ」

このまま、優しい愛撫を受けて達したい。

そう思ったのもつかの間、レオンの指が一本、奥まった場所に滑《すべ》り込んだ。

ここが俺を受け入れる場所だと教え込むように、レオンの指は大胆《だいたん》にその場所を揉みほぐそうとする。

「ま……待て……っ」

ふわふわとした快感に包まれていた智宏の体が突然強《とつぜんこわ》ばり、レオンの背に回されていた両手は、彼を力任せに叩《たた》いた。

「トモ、痛い」

「そこはダメだ……っ」

「そこって……ここ？」

レオンは、指の腹で撫で回していた場所を軽く突《つつ》く。

「男同士のセックスは、雑学として知っている。……だが、体験しなくていい。そこは進入禁止。駐車禁止《ちゅうしゃ》。接触禁止《せつしょく》」

「トモ。意味がよく分からない」

レオンは首を傾《かし》げるが、智宏は首を左右に振《ふ》って「禁止」としか言わない。

「愛しているから一つになりたいと思うのは、俺のわがままか？」

「わがままだ。お、俺は嫌がってる……っ」

「痛くしないから。だから、ね？」

「可愛い仕草をしても、嫌なものは嫌だ。俺の気持ちも考えろ！　何様だと思ってんだ！」

「レオン様だ」

何で俺、こんな男のファンなんだっ！

智宏は頬を引きつらせて、いきなりもがき出した。

「成り行きでこうなったんだ！　最後までやろうとするな！」

「そっちだって、やる気満々だったじゃないか！」

「それはレオンのキスが上手《うま》いからっ！」

「ありがとう。俺は演技派だけでなく、技巧《ぎこう》派でもある」

レオンは素早《すばや》く、智宏の足から下着とスラックスを脱《ぬ》がして彼の足の間に自分の体を強引《ごういん》に入れた。

「や、やめろ……っ……レオン……頼《たの》むから……」

「トモが泣くようなことはしないと言った」

「でも……これは……やだ……」

「私の後輩《こうはい》に乱暴しないでくれますか？　レナード・パーシヴァント様」

ジーンズのファスナーを下ろそうとしたレオンの背中に、紗霧の冷ややかな低い声がかかる。

「え？」

レオンは頰を引きつらせて振り返り、智宏は片手で顔を覆《おお》う。

「あと五分ほどで、三時のお茶をしようとロランさんがやってきます。事態をこじらせたくなければ、村瀬から離《はな》れてください」

「サギリ。俺たちは合意の上だ」

「嫌がる相手に無理をさせるのが合意ですか？」

最初は違《ちが》うにしろ、今の状態では強く反論できない。

レオンは渋々《しぶしぶ》智宏から離れた。

智宏は情けない状態から早く脱《だつ》したいと、脱がされた下着とスラックスを急いで身につける。

そしてそのまま、バスルームへと駆《か》け込んだ。

「強引すぎます。私がここに来るのが五分ほど遅《おく》れていたら、このゴージャスなリビングは惨《さん》状《じょう》になっていましたよ？」

紗霧は、床《ゆか》に座り込んだレオンを見下ろし、呆《あき》れ声を出す。

「途中《とちゅう》までは……トモは嫌がらなかった」

「モテる男が鈍感《どんかん》なのは、万国《ばんこく》共通か」

「あ？　なんか言ったか？」

レオンは唇《くちびる》を尖《とが》らせ、紗霧を見上げた。

「いえ、独り言です」

「サギリ。仕事をサボったとトモを叱《しか》るな」

「叱りはしませんが……」

さて、どうしたもんかな。

紗霧が片手で口元を押さえて沈黙《ちんもく》したところに、ロランが両手に雑誌を抱《かか》えて部屋に入ってきた。

「もうすぐお茶の用意ができるよ。はい、レオン。暇《ひま》つぶしに雑誌でもどうだい？　近所の書店に行って、いろいろと買ってみたんだ」

何も知らないロランは、にこにこと微笑《ほほえ》みながらテーブルの上に雑誌を置く。

「あれ？　村瀬君は？」

「トイレです。腹の調子が急に悪くなったと言って、私がここに来るなりトイレに駆け込みました」

嘘《うそ》も方便。紗霧の答えに、ロランは何の疑いもしなかった。

　智宏は立派な便座に腰《こし》を下ろして、両手で頭を抱えた。

先輩《せんぱい》に見られちゃった！　とんでもないところを見られちゃったっ！　エロいことは、こっそりひっそりするから気持ちいいのであって、人に見られたら一気に冷めるっ！

「は…っ、そうじゃないだろう。俺は一体、何がしたいんだ？　どうしたいんだ？　こんなに優柔不断《ゆうじゅうふだん》な男だったのか？　俺は……っ！」

　相手がレオンでなければ、ここまで悩《なや》むこともなかったし、危《あや》うい関係に陥《おちい》ることもなかったはずだ。

「レオンだから拒《こば》めない」という気持ちと、「どんなにファンでも男だろ」という気持ちが、はっきりした態度を取らない智宏を責める。

『お前は俺のオンリーワンだ』

　こんなときに限って、レオンの言葉を思い出してしまう。

「オンリーワン……って、そんな都合よく考えられるか。俺は恋愛《れんあい》に関しては保守的なんだ。レオンに恋愛感情など……」

　彼の名を呟《つぶや》いた途端《とたん》、智宏の下肢《かし》に血が集まった。

　気を紛《まぎ》らわせて静まるのを待てばいいという状態ではなかった。

「ちくしょう……」

　智宏は下着ごとスラックスを太ももまで下ろし、自分の高ぶりを片手で握《にぎ》る。そしてゆるゆると扱き出した。

しかし、慣れた感触《かんしょく》に安堵《あんど》するどころか、物足りなさを感じてしまう。

「ん……っ」

勤務中に自慰《じい》をするだけでも恥《は》ずかしさがこみ上げてくるのに、物足りなさまで感じてしまい、智宏は快感と同時に自己嫌悪《けんお》を味わった。

それでも、扱く指は止められない。

「んっ、ん……っ」

唇の隙間《すきま》から漏《も》れる声と、粘《ねば》り気のある湿《しめ》った音がバスルームに響《ひび》く。

『トモ、愛してる』

レオンの囁《ささや》きが聞こえる。智宏は首を左右に振って、それを頭の中から追い払《はら》う。

俺は愛してなんかいない。

「あ……っ」

智宏の指が、体が覚えているレオンの動きを真似《まね》た。

焦《じ》らすように優《やさ》しく、敏感《びんかん》な先端《せんたん》を指の腹で撫《な》で、指先でくすぐりながら高ぶりをなぞる。

空いている左手を、はだけたワイシャツの中に滑り込ませて胸を撫で回し、硬《かた》く勃《た》ち上がった突起《とっき》を愛撫《あいぶ》した。

「んぅ……っ……あ、あ……っ……」

智宏は前屈《まえかが》みになって、自分の体を激しく愛撫する。

彼は頭の中で、レオンの指に翻弄《ほんろう》される自分を想像した。

「や……もう……レオン……俺……もう……っ！」

智宏は低く呻《うめ》いて、ベージュ色の床の上に精を零《こぼ》す。

二度三度にわたって射精したにも拘《かか》わらず、智宏はすっきりするどころか大きな石を飲み込んでしまったような、鈍《にぶ》く重い痛みを感じた。

俺はどうしようもないバカだ。なんでイクときにレオンを呼んだ？　なんで？　自分で自分が信じられない。今の俺は本当の俺じゃない。

智宏はトイレットペーパーで萎《な》え始めた雄《おす》を拭《ふ》き、水と一緒《いっしょ》にトイレに流す。床の吐精《とせい》は特に念入りに拭き取って、同じようにトイレに流した。

「……どう言いながら、トイレから出よう」

紗霧は知らん振《ぶ》りをしてくれるだろうが、レオンに蒸《む》し返されたらどうしよう。冷静でいられる自信がない。ホント、こんなことで悩むのは……俺じゃない。

智宏は小さなため息をついて、手を洗う。

でも、どんな俺が「本当の俺」なんだ？

彼は鏡の中の自分と向き合い、返事の返ってこない問いかけをした。

紗霧は何も言わなかったが、彼なりに気を利《き》かせたのか、レオンが寝室《しんしつ》に入るまでずっと智宏と一緒にいた。

レオンは何度も智宏に話しかけたが、短い言葉で片付けられて会話を続けられなかった。機嫌《きげん》がよかったのはロランだけで、「レオンが大人しくなってよかったよ！」と、一人ではしゃいでいた。

そして、その日の夜。

「夕食に食べたステーキが腹にもたれる」

頭にバスタオルを被《かぶ》り、上半身裸《はだか》のジャージ姿でバスルームから出てきた紗霧は、気分悪そうに片手で腹を押さえる。

「そういうことをほかの社員に言ったら、呪《のろ》われます。俺たちは、クライアントと一緒に食事ができる特別待遇《たいぐう》なんですよ？」

智宏はスーツ姿のまま、テレビから視線を離さず呟いた。

「そうだった。……ところで村瀬。明日からは俺がレオンさんの部屋に行く。お前はここで待機だ。分かったな？」

紗霧はソファの上に置いていたＴシャツに袖《そで》を通すと、智宏に宣言する。

「先輩」

「なんだ」

「気を遣《つか》ってくださるのは嬉《うれ》しく思いますが、ボディーガードは今まで通りでお願いします」

「お前は口ばっかりで信用できん」

「信用してください。俺はこんな……こんな中途半端《ちゅうとはんぱ》なまま終わりたくありません」

智宏は紗霧を見つめ、真剣《しんけん》なまなざしで言った。

「お前は仕事に私情を挟《はさ》むのか？『IA』が？」

「私情ではなく、けじめです」

「どっちも似たようなもんだ。俺はだな、お前がこれ以上深入りして泣きを見ないよう……」

紗霧は渋《しぶ》い表情で言っていたが、何かに気づいたのか途中《とちゅう》で口を閉《と》ざす。

気づいたのは、智宏も同じだった。

「今、物凄《ものすご》く嫌《いや》な予感がしたんだが……」

「俺もです。ちょっと隣《となり》を見てきます」

「待て待て、俺が行く」

「その格好で外に出るつもりですか？　先輩」

ジャージ姿でスイートエリアを闊歩《かっぽ》するのは常識はずれだが、ボディーガードなら非常事態で許される。紗霧は、ドアに向かおうとした智宏を押しのける。

「俺が行きます」

しかし智宏は逆に紗霧を突《つ》き飛ばし、逃《に》げるように部屋の外に出た。

「参った。なぜエレベーターが作動しないんだ？」

「夜間は、部屋のカードキーとは別に、セキュリティーカードキーを差し込まなければ作動しません」

エレベーターの前で腕組《うでぐ》みをしていたレオンの背に、智宏の冷ややかな声がかかった。

「やっぱりトモが来てくれた」

レオンはやけに嬉しそうな表情で、ポーズをつけて振り返る。

「なんですか？　その笑顔《えがお》は。まだ『マミちゃん警報』は解除されていないというのに、スーツを着てどこへ行く」

呆《あき》れ果てた智宏は、最後に「のですか？」を忘れた。

レオンは何も言わずに智宏をにこにこと見つめ、彼の頬《ほお》に右手を添《そ》える。

「愛してる」

「寝《ね》ぼけているんですか？　部屋に戻《もど》りましょう」

まじめな顔で言うな！　俺はたった今先輩《せんぱい》に「けじめをつける」と言ったばかりなんだ。これっぽっちも私情を挟むつもりはないっ！

智宏は眉間《みけん》に皺《しわ》を寄せ、首を軽く左右に振ってレオンの手を外す。

「俺たちの心は繋《つな》がっているんだな。脱走《だっそう》しようとしたのに、素晴《すば》らしいタイミングで現れた」

「何も繫がっていません」

「そんな……凍《こお》り付くような視線で見つめないでくれ。悲しくなる」

レオンは咎《とが》めるような視線で智宏を見つめた。

俺が悪者か？　なあ、俺が悪者？

智宏は彼の言葉を聞いた瞬間《しゅんかん》、今まで深刻に考えていた「レオンに対する重大事項《じこう》」が心の中で砕《くだ》けた。

あんたのことを真剣に考えていた俺の立場はどうなるんだ！　なんであんたはそう、自分に都合のいいように解釈《かいしゃく》するんだっ！

智宏はレオンを殴《なぐ》り倒《たお》したいのを辛《かろ》うじて堪《こら》える。

「部屋に戻りましょう」

「ここまで来たんだから、一緒に脱走しよう。トモが一緒なら安心だ」

「だめです」

「何でそう、意地悪いことを言うんだ？　トモは俺がそんなに嫌《きら》いか？」

「好きとか嫌いとかいう問題ではなく……」

「『君が私を嫌いになるなら、私も君を嫌いになろう。そして道をすれ違《ちが》ったときには、さげすんでやろう。どうだ？　嬉しいか？』」

これは「ドント・クライ・ミスター」の中の台詞《せりふ》だ。台詞には台詞で返してやろうとしたが、こんなときに限って上手《うま》く思い出せない。

「『それとも、外も歩けなくなるくらい、今打ちのめされたいか？　ならば言ってやろう。私は君が大嫌《だいきら》いだ。側《そば》にいるのも、こうして話をするのも耐《た》えられない。君が生きているというだけで、私の心は憂鬱《ゆううつ》になる。いっそ命を絶ってくれと思う。それほど君が嫌いだ』」

レオンは智宏が映画の台詞で返してくると思い、彼の目を見つめながら「演技」した。

相手の台詞は「私はあなたが嫌いになるほど、自分が憂鬱になるほど、あなたを愛している」となる。智宏の口から、その台詞が聞きたい。

けれど智宏はいつまで経《た》っても次の台詞を口にしなかった。

これは演技で、レオンは映画の中の台詞を言ってるだけ。「ドント・クライ・ミスター」でも、レオンはこんな風に眉《まゆ》を顰《ひそ》めて、忌々《いまいま》しげに言ってたじゃないか。

分かっているはずなのに、智宏は動揺《どうよう》を隠《かく》せず目を見開き、唇《くちびる》を震《ふる》わせる。

「死ねばいいのにと思うほど……私を嫌いでも……か、構いません。部屋に……」

そこまで言うのが限界だった。

智宏は片手で顔を押さえ、レオンから顔を背《そむ》ける。

「トモ……！　台詞を忘れたのか？」

レオンは慌《あわ》てて智宏を抱《だ》きしめ、「俺がトモを嫌いになるはずがないだろうが」と宥《なだ》めた。

「あ、あなたの演技が素晴らしいのは……知っていたはずなのに……」

「自分が言われているような気になったんだな？　もうバカだな、トモは。俺が言ったのは、単なる『台詞』だ」

「わ、分かってます……っ……でも……『死ね』と言われると……辛《つら》い……っ」

「トモ。トモヒロ。泣かないでくれ。悪かった。本当に悪かった。俺はてっきり、お前が台詞で返してくれると思ってたんだ。たとえ世界の全《すべ》てを敵に回しても、俺はトモを愛し続ける」

よしよしと智宏を慰《なぐさ》めるレオンの後ろから、紗霧の呆れ声がかかった。

「またですか？　もういい加減にしてください」

「ああもう。サギリは黙《だま》ってろ。俺は今、トモに心からの謝罪をだな……」

困惑《こんわく》するレオンに、紗霧はジャージのポケットに両手を突っ込んだまま溜め息をつく。

「でしたら、こんなところでぐずぐずしているのではなく、屋上にでも行ったらどうですか？屋上へはセキュリティーカードキーがなければ行けませんから安全ですよ？　特別に、ロランさんには内緒《ないしょ》にしてあげます」

「屋上か。それは気がつかなかった。さすがはサギリだ」

「はい、カードキー」

紗霧は右手をジャージのポケットから出すと、レオンにカードキーを手渡《てわた》した。

「トモが俺の愛天使なら、紗霧は俺の守護天使」

レオンは紗霧の頭を乱暴に撫《な》でると、カードキーを差し込んでエレベーターを呼ぶ。

「気をつけて」

紗霧は苦笑《くしょう》して、彼らがエレベーターに乗るのを見送った。

夜風に当たって、二人揃《そろ》ってクールダウンしてくれますように。

エレベーターが無事屋上に着いたことを確認《かくにん》し、紗霧はきびすを返した。

落下防止のフェンスがない代わりに、巨大《きよだい》なガラスが張《は》り巡《めぐ》らされた屋上は、木々が生《お》い茂《しげ》り池もある。遊歩道は大きく平たい石が敷《し》かれ、控《ひか》えめな間接灯に彩《いろど》られていた。茂みには一定の間隔《かんかく》でベンチが置かれている。

「空中庭園か」

レオンは感心すると、一番奥まった茂みまで智宏を連れて行き、焼き杉《すぎ》のベンチに座らせて、自分は彼の前に跪《ひざまず》いた。

「今日ほど自分の演技力の素晴らしさを呪《のろ》ったことはない。トモ……冗談《じょうだん》とはいえ、傷つけて悪かった」

本当になっ！　おかげで俺は、映画の主人公の疑似体験ができたっ！　最悪だっ！

智宏は怒鳴《どな》る代わりに盛大に鼻をすする。

「別に……私は……」

「じゃあ、何で泣くんだ？　恋人《こいびと》に酷《ひど》いことを言われたからだろう？」

「あ、あの台詞は……『ドント・クライ・ミスター』で……何度も聞きました……」

智宏は乱暴に顔をぬぐい、スラックスのポケットからハンカチを取り出して、鼻を押さえた。

「二人きりのときだけでいいから、素直になってくれ」

せっかく……「けじめをつける」と決めたばかりなのに、俺を振《ふ》り回す。俺に優《やさ》しくするな。わがままを言って困らせ続ければいいだろ。勝手な奴《やつ》っ！　大っ嫌いだっ！　レオンなんて、大っ嫌いだっ！　いい年をして泣きまくる自分も嫌いだっ！

智宏は俯《うつむ》いたまま、スラックスとレオンの手にポタポタと涙《なみだ》を零《こぼ》した。

「俺を罵《ののし》ってくれていい。許す。だから、泣くのはやめてくれ。お前が泣いていいのは、セックスで感極《かんきわ》まったときだけでいい」

何を言ってるんだ？　この男はっ！

智宏の体が、あとのことを考えるより先に動いた。

彼の右フックが綺麗《きれい》に決まり、レオンは茂みの向こうに殴り飛ばされる。

「ふざけるなっ！　そんなんで、本気で俺のことが好きなのか！　愛しているのか！　今の言葉の中の、どこにあんたの愛があるっ！　真実があるっ！」

智宏は、殴り飛ばされたレオンの元まで歩くと、彼のシャツの胸ぐらを摑《つか》んで、前後に激しく振った。

「トモ……今の一発は……効いた」

「バカっ！　俺だって痛いっ！　だが俺は謝らないぞっ！　俺は真剣《しんけん》にあんたのことを考えて」

「トモ……」

レオンの左頬は真っ赤な痕《あと》がついて痛々しい。

「……ファンの『好き』なのか……それとも……違う意味の『好き』なのか……バカみたいに真剣に……考えて……っ」

「俺たちは、出会う前から恋《こい》に落ちてたんだ」

「違うっ！　違う、違うっ！」

智宏はそう叫《さけ》び、首を左右に振った。

「俺を愛していると、さっさと認めろ」

「勝手に決めるなっ！」

認めたらゲイだしっ！　ハリウッドスターの恋人になったら、いろいろ大変だしっ！　アメリカと日本じゃ、長距離恋愛《ちょうきょりれんあい》じゃないかっ！　悲しいじゃないか！　このバカっ！　離《はな》れてたら寂《さび》しいんだっ！　……って、ゲイ決定かよ！　それは嫌っ！

智宏は「恋人同士」を前提にして、心の中で悪態とシャウトを繰《く》り返す。

「トモ。愛してる」

レオンは智宏の髪《かみ》を優しく搔《か》き上げ、痛む頬《ほお》で無理に微笑《ほほえ》みを浮《う》かべた。

「勝手なことを……言うな」

智宏はレオンの頬に自分の頬を押しつけ「黙れ」と呟《つぶや》く。

「可愛《かわい》い、トモ」

「可愛くない……」

「俺の愛天使。俺の世界を変えた恋人。恋人はキュートなボディーガード。でもちょっとだけダーティー。そこが玉に瑕《きず》」

「バカ」

智宏は泣き笑いの笑みを浮かべて、レオンの体を強く抱きしめようとして、動きを止めた。腐《くさ》っても『IA』、いや、ボディーガード。訓練が染《し》みついた体は、背後の怪《あや》しい気配を即《そく》座《ざ》に感じ取った。

レオンも何かに気づいたようで、智宏の髪を搔き上げる手を止める。

「ワン、ツー、スリーで、向こうの茂みに駆《か》け込んでください」

「分かった」

「いいですか？　ワン、ツー……」

二人は「スリー」で、素早《すばや》くその場を離れた。と、同時に今までいたところに煉瓦《れんが》が落ちる。

「ああーんっ！　何で避《よ》けるのよーっ！」

忘れもしない、この声はマミちゃんっ！

だが声は、上から聞こえる。

智宏は急いで上を見上げると、レースのついた可愛らしいワンピースを着て木の枝にしがみついている彼女を発見した。

「なんだ……あれ……」

「なんだじゃないわよーっ！　この邪魔者《じゃまもの》っ！　私のレオンに迫《せま》らないでちょうだいっ！　こ

のオカマっ！」

痛い。あまりにも痛い一言に、智宏は思い切り腹を殴《なぐ》られたようなダメージを受ける。

「レオンは私のものなんだからっ！　ほかの人間が近づいたら許さないわ！　ねえレオン！　私の前世からの恋人！　愛してるわ！」

俺に前世の記憶《きおく》なんてないし。

レオンは茂みから顔を出し、無表情で首を左右に振った。

「もう照れちゃってっ！　でもあなたならここに来てくれると思っていたわっ！　だって私たちは心が通い合っているんですものっ！　さあ、マミを受・け・止・め・てっ！」

彼女はそう叫ぶと、高い木の上からレオンに向かってダイブする。

どうする俺っ！　俺の両腕《りょううで》はトモを抱《だ》きしめるものであって、ストーカー女子を抱きしめる腕ではないっ！　だが俺が抱き留めなければ、彼女は大怪我《おおけが》だっ！

レオンは急速に迫ってくる彼女を前に、究極の選択《せんたく》を迫られた。

しかし、彼の両腕は木の葉一つ抱きしめはしなかった。

素早くレオンの前に移動した智宏が、うっとりと落下する彼女の体を、レオンの代わりに抱き留めたのだ。

「ああん。レオンの腕って、意外と華奢《きゃしゃ》……じゃないわよっ！　きゃーっ！　なんであなたが私の体を触《さわ》っているのよっ！　邪魔者っ！　変態っ！　痴漢《ちかん》っ！」

その言葉、そっくりお返しします。

　智宏は頬を引きつらせてマミを地面に下ろした。

「マミとレオンは心が通い合った恋人同士なのよっ！　それを何度も邪魔するなんてっ！　あまつさえ、私のダーリンに迫ったりしてっ！　レオンに迫ろうなんて、百年早いわっ！」

　誰《だれ》がダーリンだ。誰が。

　レオンは、この人騒《ひとさわ》がせな女性に一言言ってやろうと前に出たが、智宏の手に遮《さえぎ》られる。

「警備員室に行きましょうか。セキュリティーキーがなければ入れない場所に、どうやって忍《しの》び込んだのか、全《すべ》て話しなさい」

「何を偉《えら》そうにっ！　私たちの間を裂《さ》く気なの？　馬に蹴《け》られて死ぬわよっ！　さあどいて！」

「静かにしなさい」

　何を言っても理解しないと判断した智宏は、彼女の腕を掴もうと手を伸《の》ばした。

「私に触っていいのはレオンだけよっ！　汚《きたな》い手で触らないでっ！　変態っ！」

　彼女は金切り声を上げると、ポケットの中から取り出した煉瓦で智宏の腕を叩《たた》いて逃《に》げる。

　なぜポケットに煉瓦が……っ！

　智宏は叩かれた痛みよりも、あんな可愛いワンピースの中に煉瓦が入っていたショックで、呆然《ぼうぜん》となった。

「トモ！」

「いえ……大丈夫《だいじょうぶ》……です。……み、見ましたか？　今の。ワンピースから煉瓦が……」

「そんなことを言っている場合かっ！　腕っ！　右は利《き》き腕だろう？　骨は折れていないか？」

レオンは素人《しろうと》ながらも、智宏の腕を慎重《しんちょう》に触診《しょくしん》する。

「マミちゃん……カードキーを持っていました」

「は？」

「ボディーガードと、スイート専用従業員しか持っていないはずの、セキュリティーカードキーです。なぜ彼女が？」

「どうせどこからか盗《ぬす》んできたんだろうっ！　度を超《こ》えたファンだ。何でもやるに違《ちが》いない！

ああ、俺の大事なトモの腕が……っ！　責任を取って、俺が一生面倒《めんどう》を見るから安心しろ。アメリカでゲイの結婚《けっこん》式ができる州を探して、それから……」

「なぜ話がそこまで飛びますか」

どさくさ紛《まぎ》れにべたべたと触るレオンから逃《のが》れ、智宏は冷ややかな声で言った。

「俺のせいで、お前に怪我《けが》をさせた」

「……私の職業はなんでしょう」

「ボディーガード」

智宏はレオンの言葉に深く頷《うなず》き、「部屋に戻《もど》りましょう」と彼を促《うなが》す。

「ボディーガードだからと、放《ほう》って置いていいものじゃない。病院へ行くぞ。精密検査をしてもらおう。お前に何かあったら、俺は死んでしまう」

「……大げさです」

でもその言葉が、妙《みょう》に嬉《うれ》しい。

智宏は、レオンに右手を撫《な》でてもらいながら頬を染める。

「不謹慎《ふきんしん》かもしれないが、恥《は》じらいを含《ふく》んだ表情を浮かべてくれると、もっといい」

ため息混じりのレオンに、「不謹慎なんて言葉をよく知ってますね」と言い返そうとした智宏は、口を開きかけてやめた。

彼の左頬が赤く腫《は》れている。

あの場合は不可抗力《ふかこうりょく》だったと信じているが、自分が殴ったことには変わりない。もしものための「暴行許可」をもらったのは、首から下だぞっ！　スターの顔を殴ってしまった。ボディーガード……失格。

智宏は、恐《おそ》ろしい顔をしたロランが、自分と会社を相手に裁判を起こすと宣言する光景を想像して、今度は青くなった。

二人きりで屋上に行かせるんじゃなかった。この後輩《こうはい》はもう少し賢《かしこ》いと思っていたが、信じられないほどのバカだった。

レオンを連れて部屋に入ってきた智宏から全ての事情を聞いた紗霧は、「これが夢なら覚めてくれ」と、いろんな意味で目頭《めがしら》を熱くした。

「村瀬。お前は会社をクビになりたいのか？」

紗霧はレオンをソファに座らせ、ロックアイスを入れた氷嚢《ひょうのう》を彼の左頬に押しつけたまま、苦虫《にがむし》を嚙《か》みつぶしたような表情で呟く。

智宏は彼らの側《そば》に行かず、ドアに近い壁際《かべぎわ》に直立不動で立っていた。

「申し訳ありません」

「申し訳ないなら、申し訳ない顔をしろ。朝食の時間までにレオンさんの頬の腫れが引かなかったら、ロランさんはお前と会社を相手に裁判を起こすぞ？　ボディーガード失格と言われるだけじゃ済まないんだ。分かっているのか？」

「分かっています」

「おまけに、マミちゃんまで逃がしやがって」

「重ね重ね、申し訳ありません」

智宏は深く頭を下げる。

「……ほら、お前もこっちに来い。煉瓦で叩かれた腕の具合いを見てやる」

「俺は平気です」

「平気じゃないっ！　何のために、病院に行かずここに戻ってきた！　サギリに手当てをしてもらわないと言うなら、俺がホテルのドクターを呼ぶぞっ！　サギリに手当てをしてもらうためだろうがっ！」

それまで黙《だま》っていたレオンが、大声で智宏を叱《しか》った。

智宏はレオンを睨《にら》んで口を開きかけたが、喉《のど》の奥に言葉を呑み込む。

「骨折はしていませんし、変な痺《しび》れもありません」

「自分の怪我を放っておけば、少しは罪悪感が軽くなるとでも思っているのか？」

「そうではなく……」

核心《かくしん》を突《つ》かれた智宏は視線を泳がせ、口ごもった。

「好きにしろ。俺はこれから社に報告をしなければならない。戻ってくるまで大人しくしていろよ？」

紗霧はレオンの手に氷嚢を渡《わた》し、自分が使っている寝室《しんしつ》に引っ込む。

リビングには二人だけが残された。

「トモ。突っ立ってないで座れ。サギリが手当てを放棄《ほうき》したなら、俺が手当てしてやる。といっても、湿布《しっぷ》を貼《は》るぐらいしかできないが……」

レオンの言葉に、智宏は何を思ったのかその場に正座する。

「トモ？」

「俺は一体何をやっているんだろう。これでも日本支社の新人の中では一番の成績で研修を終えたのに。今までボディーガードを務めたクライアントからも、一件の苦情もなかった。完璧《かんぺき》に務め上げた。それが自慢《じまん》であり誇《ほこ》りだった。なのに今回に限って、次から次へと問題が発生した。実は俺は、ボディーガードという職業は向いていないのだろうか？　地味派手《はで》で高給なところが大変気に入っているのに……」

床《ゆか》を見つめたまま淡々《たんたん》と言い続ける智宏の姿は、反省の弁を述べているというより、小説を朗読しているように見えた。

「トモ、こっちに来い」

「クライアントが、大ファンのハリウッドスターで、初対面で迫《せま》られたから調子が狂《くる》ったのか？　調子が狂ったせいで、俺の人生のレールが脱線《だっせん》したと？　なんだそりゃ」

智宏は、冷静に一人でボケ突っ込みをする。

「どんなトラブルが発生しても、二人の愛があれば切り抜《ぬ》けられる。違うか？」

「愛か。愛とはいったい何なんだ？　人間の思考を全く別のものにしてしまうウイルスか？　それとも洗脳装置か？　俺はストレートだが、気がついたらいつの間にかゲイになるのか？　そんな恐ろしいものをこの世に放置していていいのか？　ワクチンはないのか？」

冷静に呟《つぶや》くお前の方が、ちょっと怖《こわ》い。

レオンはそう思ったが口には出さず、氷嚢を頬《ほお》に押し当てたまま智宏の前に移動する。

「日本人は、愛という言葉をあまり口にしないと言ったよな？」

彼はその場にしゃがみ込み、智宏の顔を覗《のぞ》き込んで尋《たず》ねた。

「はい」

「じゃあ、愛の代わりにどんな言葉を使う？」

「好きだ、もしくは……側にいたい、でしょうか」

「お前はどっちが言いやすい？」

智宏はゆっくりと顔を上げて、レオンの青い瞳《ひとみ》を見つめる。

「側にいたい、です」

「そういえばトモは、いつも俺の側にいるよな？」

それが仕事ですから。そう言いかけて智宏は口を噤《つぐ》んだ。

レオンが微笑《ほほえ》んでいる。それは映画の中や記者会見で見せる「演技」とは違っていた。どう説明していいのか分からないが、彼の映画を何度も繰《く》り返し見続け、彼の登場する番組を逐一《ちくいち》チェックしていた智宏には、いつもの微笑みと違うことがはっきりと分かった。

いい感情と悪い感情の、全てが入り混ざってできたような、優《やさ》しいのに今にも泣き出しそうな、そんな微笑みだった。

「レオン？」

「俺の側にいると言え」

智宏は返事ができず、眉間《みけん》に皺《しわ》を寄せる。

「命令だ。俺の側にいると言え」

「ずいぶん偉《えら》そうですね」

「偉そうじゃない。俺は偉い」

臆面《おくめん》もなく言い切るレオンに、智宏は苦笑《くしょう》を浮《う》かべた。

「お前が俺を殴《なぐ》ったのも、サギリに怒《おこ》られたのも、俺が悪いからだ。お前はひとつも悪くない。

悪いのは俺。お前が泣くのも怒るのも困るのも、なにもかも俺のせい。悪かった」

「あの……」

「全部認めてやったぞ。だから……俺の側にいると言え」

「あなたは俺様で、自分勝手で、私の気持ちも考えずに『愛』の大安売りをして困らせて、挙げ句の果てにストーカーに迫られる。人前では百匹《ひゃっぴき》も猫《ねこ》を被《かぶ》ることができるくせに、私の前ではわがままを言う。あなたのせいで『レオン像』を破壊《はかい》され、醜態《しゅうたい》まで晒《さら》す羽目になった。それでも嫌《きら》いになれなくて悔《くや》しい。思い出すだけで情けないし腹が立つ。あなたと出会わなければよかったと、銀幕のスターを遠くから眺《なが》めるファンでいられたら、こんな苦しい思いはしなくて済んだかと思うと、またしても腹が立つ。こんな性悪《しょうわる》なクライアントなど、初めてです」

智宏はいっきにまくし立て、全てを聞き取れないレオンは苦笑して首を傾《かし》げた。

「それでも」

冷静な早口だが、智宏の顔は真っ赤だ。

「トモ、もっとゆっくり。はいテイク2。それでも？」

「大好きなスターのこんなに近くにいられて、話ができて……信じられないくらい嬉《うれ》しい」

「うん」

「凄《すご》く嬉しい」

「うん」

レオンは、無表情なのに真っ赤な智宏の顔を見て茶化したりせず、彼の言うことを大人しく聞いている。

「側にいても……いいんでしょうか？」

「許す。というか、この世界は俺たちのために存在するんだから、俺たちが一緒《いっしょ》にいないと成り立たない」

「どうしてそう……自信に満ちあふれたことが言えるんですか？」

「俺はスターだ」

智宏の体から力が抜けた。

彼はレオンの肩《かた》に額を押しつけ、「何様俺様レオン様」と呟く。

直接的な言葉を言ってないからか？　思ったよりもダメージが少ない。しかも安堵《あんど》している。なんで安堵するんだよ、俺は。これじゃレオンの思うツボだろうが。高いツボを買ったもんだ。

しかも、捨てるに捨てられない。

ため息をつくのはやめなさい。ついた分だけ幸せが逃《に》げていく。

田舎《いなか》の祖母に言われた言葉を思い出したが、智宏は海よりも深いため息をついた。

「どうしてため息をつくんだろう。俺はこんなに真剣《しんけん》なのに」

「申し訳ありません」

「愛しているから許してやる」

「恐縮《きょうしゅく》です」

「色気がない」

「性分なもので」

「でもトモはむっつりスケベだから、ベッドの中じゃとてもセクシー」

お、怒るな。怒るな俺っ！　ここで怒ったら、堂々巡《どうどうめぐ》りだっ！

智宏は心の中で念仏を唱え、辛《かろ》うじてクールダウンする。

「私はあなたのようにオープンな性格ではないので、そういう言葉は極力避《さ》けてください。お願いします」

今度はレオンが、盛大にため息をついた。

「俺たちの今の会話自体、セクシーじゃないな」

「セクシーになっている暇《ひま》などないです。言うだけで精一杯《せいいっぱい》なんです。しかも私はボディーガード失格で、いつ減給内勤の辞令を受けるか分からないんですよ？」

「そんなことにはさせない。俺の側《そば》にいると言ったろう？　アメリカまで連れて行くぞ」

智宏は何も言わず、曖昧《あいまい》な表情でレオンの頭を撫《な》でる。

初めて触《ふ》れたレオンの髪《かみ》は、黒髪直毛の自分の髪と全く違《ちが》い、柔《やわ》らかくて気持ちがいい。

智宏は指を櫛《くし》の代わりにして、レオンの髪をそっと梳《す》いた。

「その仕草は、なかなかいい」

「セクシーというものですか？」

「少し違うが……間違ってもいない。さて、お前の右手を手当てしてやろう」

二人は、紗霧が複雑な表情を浮かべて寝室のドアの隙間《すきま》からこちらを覗いていることに、少しも気がつかなかった。

翌朝。

みんなで一緒に朝食をとるため、レオンの部屋に入ったロランは、彼の赤紫色《あかむらさきいろ》になった左頬を見た途端《とたん》、男らしい悲鳴を上げた。

様々な種類の焼きたてのパン、ハムの盛り合わせにゆで卵、果物《くだもの》等をテーブルに並べていたバトラーは、一瞬《いっしゅん》びくりと動きを止めたが、何も聞かぬ振《ふ》りをしてセッティングを済ます。

「あとは自分たちでやります。ご苦労様でした」

これから始まる「芝居《しばい》」を彼に見せるわけにはいかないと、紗霧は愛想《あいそ》笑いをしてバトラーに退場を願った。

「ロラン、大げさだ。特殊《とくしゅ》メイクだと思えばいい」

レオンはソファに座ったまま、おぼつかない手つきで湯飲みを持って、あっけらかんと笑う。

「……その痣《あざ》は転んでできたものじゃないな。人はよほどのことがなければ、倒《たお》れるときに頭を庇《かば》う」

ロランは両手を上下させて「こんな感じ」と手本を見せる。

「村瀬君、これは一体どういうことだ？　レオンは暴漢に襲《おそ》われたのか？　だとしたら君は、そのときに何をしていた？」

そのときの俺は、レオンを殴ってました。

だが智宏は本当のことは言わず、「申し訳ありません」と頭を下げた。

「それじゃ分からない。昨夜《ゆうべ》、レオンに何が起きたのか全て報告したまえ」

「屋上の庭園へ息抜《いきぬ》きに行ったところ、不審者《ふしんしゃ》に襲われました」

智宏の代わりに紗霧が「報告」する。

「不審者？　もしかして……」

「はい。その『もしかして』です。幸い大事には至りませんでしたが、村瀬がレオンさんを庇ったときに慌《あわ》てていたらしく、肘《ひじ》が偶然《ぐうぜん》にも彼の頰《ほお》に当たってしまったのです」

紗霧は「偶然」をさりげなく強調し、心の底から申し訳ない表情を浮かべた。

「た……高中君、そんな顔をしないでくれ。ぶつかっただけならば、腫《は》れもそのうち引くだろう。ああきっとそうだ。とにかく、レオンが不審者に傷つけられなくてよかった」

「いいえ。村瀬が慌ててさえしなければ、レオンさんは無傷でした。申し訳ございません。私たちはいかなる処分も覚悟《かくご》しております」

「そうです。私の責任です。本当に申し訳ありませんでした」

紗霧と智宏は「芝居」の打ち合わせをしてから、レオンの部屋に来たのだろう。

レオンは成り行きを見守りながら「素人《しろうと》のわりには上手《うま》い」とこっそり誉《ほ》める。

「そんなに深刻にならないでいい。レオンは無事だったんだ。ただ村瀬君。次回からはもっとソフトにレオンを守ってくれないか？」

ロランは苦笑《くしよう》するというより困惑《こんわく》した顔で両手を挙げた。

「寛大《かんだい》な処置をありがとうございます。では、次の報告に移ってもよろしいですか？」

「食事をしながらでもいいかな？」

「不審者の身元が判明しました」

「今すぐ言ってくれ」

ロランは紗霧の肩を両手で摑《つか》むと、真剣を通り越《こ》して恐《おそ》ろしい表情を浮《う》かべる。

だが、紗霧がマミちゃんの正体を告げると、気の抜《ぬ》けた声を出してその場に座り込んでしまった。

通夜《つや》のような、しんと静まりかえった朝食を終え、ロランはソファに座って頭を抱《かか》える。

「これはもう仕方がない。開き直って観光を続けようじゃないか。な？　ロラン」

「…………アメリカに帰ろうか？　レオン。マミちゃんが、次回映画の有力出資者の孫娘《まごむすめ》だって。なんだそれは。あはははは。まいったね、これは」

ロランは苦悩《くのう》するのをやめ、笑いに逃げた。

「彼女のコネクションならば、このホテルのセキュリティーカードキーを手に入れることもたやすいことでしょう。これはホテル側《がわ》に抗議《こうぎ》して、即座《そくざ》に改善されましたので安心です。また、東京タワーで遭遇《そうぐう》した際に、彼女の外見の特徴《とくちょう》や口調を事細かく社に報告したのですが、敵もさるもの、ファミリーの情報を流しませんでした。ですので、こちらも奥の手を使いました」

おそらく自分の「顧客《こきゃく》コネクション」を駆使《くし》したのだろう。紗霧は「奥の手」のところでわずかに頬を引きつらせる。

「そりゃ情報は流さないだろう。彼が目に入れても痛くない……あ、この表現は合っているかい？」

レオンの頬に湿布《しっぷ》を貼《は》ろうとしていた智宏は、ロランにこくんと頷《うなず》いた。

「そう、とにかくそれくらい可愛《かわい》がっている孫娘なんだよ？　娘が日本人の男性と結婚《けっこん》したときなんて、それはもう日本が滅亡《めつぼう》するんじゃないかというくらい怒《おこ》ったんだが、孫が生まれた途端にジジバカ。…このジジバカという使い方は合ってる？」

「合ってます」

というか、よく知ってるよ。感心する。

紗霧は話の途中でいちいち確認をするロランに感心した。

「彼は映画はビジネスと考えていて女優や俳優には興味はないが、自分の孫娘がレオンに夢中だと知ったら何でもするだろう。最悪は結婚……？　うわーっ！　そんなのだめっ！　私の計画では、レオンの結婚は引退後っ！　しかも相手は三十歳年下の可愛い女の子なんだっ！　そしてレオンは永遠に、世の男性の理想として生きるっ！　素晴《すば》らしいじゃないか！　だから今結婚しちゃだめだぞっ！　レオンっ！」

「ロラン、あのな……」

お前、計画を立てすぎ。

レオンは左頬に湿布を貼り付けたまま、目頭を押さえる。

「いや、もういい。相手が分かってスッキリしたところで、観光を再開しよう。トモは怪我《けが》をしているから、俺が何から何までフォローしてやる。分かったな？」

どっちがクライアントでどっちがボディーガードなんだか……。

智宏は心の中でそっと突《つ》っ込み、冷静に問いかけた。

「その顔で観光をするんですか？」

「万が一、その顔を写真に撮《と》られたら困る。なので、観光は頬の腫れが引いてからだ」

「ロラン。ふざけたことを言うな。腫れが引いて痕《あと》が消えるまで、数日はかかるぞ？」

「『ファンタジック・ジャパン』という観光DVDを発注済みだ。まずはそれを見て、予習しよう」

ロランはそう言うと「今のことをボスに報告しなくっちゃ」と、急いで自分の部屋に戻《もど》る。

「ではレオンさん、私も一旦《いったん》失礼させていただきます。村瀬、ちょっと来い」

「サギリ、トモを長く引き留めるなよ。俺の大事なオンリーワンだ」

紗霧は「承知しました」と、苦笑した。

紗霧は智宏を廊下《ろうか》に連れ出すと、彼の肩《かた》をぽんと軽く叩《たた》く。

「どうしました？」

「クライアントと一線を越えたことは、会社には秘密にしておいてやるから、昼間から余計なことをするなよ？」

「その線はどこの線ですか。越えていません」

「体は越えなくとも、心は越えただろう？」

紗霧は自分の台詞《せりふ》に照れたのか、智宏から僅《わず》かに視線を逸《そ》らせた。

「……日本限定です」

「は？」

「日本限定です。あの人はハリウッドスターで、俺は一介《いっかい》のボディーガード。住む世界が違《ちが》う。ずっと側《そば》にいたいと思っても、それは叶《かな》いません。なので日本にいる間だけでもと……」

「泣いて悩《なや》んで失態を晒《さら》して出した結論が、それか？」

「はい」

智宏の返事に、紗霧は思い切りしかめっ面《つら》をする。

「では先輩《せんぱい》は、俺にどうしろと言うんですか？　好きだから側にいる。どこに行くにも一緒《いっしょ》と、彼の後ろをついて回って、パパラッチに写真を撮られて、スキャンダルのネタを提供しろとでも？　もし俺のせいで、彼が自分の力で築き上げた地位を失ったら、どう謝罪すればいいんですか？　頬に湿布を貼った情けない姿を見せても、わがまま言い放題でも、信じられないくらい自分勝手な俺様でも、彼はスターなんです」

「つまり、彼の足を引っ張りたくないから、期間限定でお付き合いをして、素敵な思い出を作るだけでいいと？」

「はい。まさに『ローマの休日』です。契約《けいやく》が切れる日には寂《さび》しいと思うでしょうが、本格的なゲイにならずに済んだと、きっと安堵《あんど》するはずです」

なんで分からないかな、このワンコ先輩はっ！　俺はレオンの側を離《はな》れたくないと思う前に、彼の大ファンなんだぞ？　彼が失脚《しっきゃく》するところは見たくないんだってっ！　ずっとずっとずっと、格好いいままでいてほしいんだってっ！　自分はレオンの障害になりたくないっ！　だからこのままでいいんだよっ！　そしてレオンが来日するときに、いつも俺をボディーガードに指名してくれれば嬉《うれ》しい！　それが俺のささやかなわがままだっ！

紗霧は何も分かっていないと決めつけた智宏は、心の中で彼に悪態をついた。

「分かった。お前は自分の思うように行動しろ」

「はい。俺は仕事に戻ります」

智宏は自分の肩に乗ったままの紗霧の腕《うで》をそっと下ろし、レオンの元にきびすを返す。

お前がそうでも、レオンさんは納得《なっとく》しないだろう。

「分別があるというんじゃなく、お前は単に頑固《がんこ》なだけだ」

聞く相手のいない廊下で、紗霧は言った。


智宏が部屋に戻ると、レオンはパジャマの上にガウンという朝食時の格好のまま、ソファに転がってテレビを見ていた。

「着替《きが》えた方がよろしいんじゃないですか？」

「そのうちな。ほら、こっちに来い」

「ルームキーパーが食器を下げに来ます」

「食器をワゴンに載《の》せて、廊下に出しておけばいい。そしてドアには『寝《ね》てるから起こすな』のカードを下げておく。そうすれば、誰《だれ》も入ってこない」

智宏は表情の読めない顔でレオンを見た。レオンはよそ行きの笑顔《えがお》を浮かべ、「ね？」と可愛らしく首を傾《かし》げる。

「分かりました」

「はい、NG。『片付けたらベッドに行くから、先に行って待っててスイート・ハート』だろう？　テイク2」

「なぜ」

レオンはのそりと体を起こし、手を叩いた。

智宏は、ダイニングテーブルの上に置いてある食器をワゴンに載せながら眉《まゆ》を顰《ひそ》める。

「俺たちは恋人《こいびと》同士じゃないか。本当はもっと甘い台詞がほしいが、トモは恥《は》ずかしがり屋だから我慢《がまん》をしてやる」

「ロランさんがDVDを持ってやってきますよ」

「気にするな」

「気にします。それにまた、マミちゃんの襲撃《しゅうげき》があるかもしれませんよ。ホテルの従業員を装《よそお》って、婚姻届《こんいんとどけ》を持ってスイートフロアまでやってきたらどうします？」

「それはもうホラーだな。日本版シュガーベイビーズだ」

レオンはうんざりした声を出した。

「今の世の中、何が起こるか分かりません」

「俺たちが出会ったようにか？　そういう意味では確かにそうだな。俺の世界が変わった。見《み》渡《わた》す限《かぎ》りのバラ色だ。マイ・ジャパニーズ・ハート」

「ではワゴンを廊下に出しておきますね。アメリカン・スイート・ハート」

「甘い台詞を冷静に言うな。そこはもっとこう……愛情と照れの混ざった表情で、伏《ふ》し目がちに、囁《ささや》くように言うとグッとくる」

「ご教授ありがとうございます」

俺は素人《しろうと》だから、棒読みでもいいの。ったく、襲撃を受けて一晩しか経《た》っていないのに、タフなスターだよ。もっと繊細《せんさい》でもいいのに。

智宏はそんなことを思いながら、食器の載ったワゴンを廊下に出し……表情を強《こわ》ばらせた。

非常ドアの前に、一人のルームキーパーが立っている。

だが、交換《こうかん》用品とランドリーボックスの入った巨大《きょだい》ワゴンはどこにも見あたらない。その代わりに、手にはビデオカメラが握《にぎ》られていた。

「みーつけたー！」

マミちゃんだっ！

「レオンさん！　鍵《かぎ》を全部閉めて、何があっても出てこないでくださいっ！」

智宏はリビングに向かって大声を出すと、急いでドアを閉める。

そして、微笑《ほほえ》みながら猛《もう》スピードで走ってくるマミと対峙《たいじ》した。

「もう！　ここまで来るのは大変だったんだからっ！　早くレオンに会わせてっ！」

「だめです。さあ、スイートフロアから出ましょう」

「邪魔者《じゃまもの》には用はないわ！　そこにレオンがいるんでしょう？」

彼女は持っていたビデオカメラで、智宏の後ろにある部屋のドアを撮《うつ》す。

「この中には入れません」

智宏は彼女の腕を掴《つか》み、エレベーターに向かって引きずった。

「なにするのよっ！　やめてよ！　変態っ！　私とレオンは、切っても切れない仲なのよっ！」

彼女は金切り声を上げ、ビデオカメラを持った手を力任せに振《ふ》り回す。

運の悪いことに、彼女が振り回したビデオカメラが、昨夜煉瓦《ゆうべれんが》で叩かれたのと同じ場所に当たった。

智宏は予想しなかった激痛に呻《うめ》き、罰《ばち》が当たったのよっ！」

「私たちの仲を裂《さ》こうとしたから、罰《ばち》が当たったのよっ！」

彼女は智宏から逃《のが》れて勝利の微笑みを浮《う》かべたが、その顔はすぐ怒《いか》りに変わった。

「昨日の今日で、よくもまあ、忍《しの》び込んで来られたものだ」

紗霧が彼女の前に立ちはだかっている。その後ろには、「うるさい」と苦情を言おうと、のんきにドアを開けたロランもいた。

「あ！　レオンのエージェント発見っ！　このビデオに向かって、私たちの仲を公表してちょうだいっ！　さあ早くっ！」

マミは紗霧に首根っこを押さえられたまま、ロランにビデオカメラを向ける。

彼はすぐさま「エージェント」の顔になり、厳しい表情を浮かべた。

「肖像権侵害《しょうぞうけんしんがい》で訴《うった》えようか？　いや、裁判を起こすと長くなるからなあ……じゃないっ！　君のせいでレオンがどれだけ迷惑《めいわく》しているか分かっているのか！　何のためにお忍びで日本に遊びに来たと思っているんだっ！　レオンは来年、大作のクランクインを控《ひか》えているんだっ！　ハードでタイトなスケジュールになるから、その前に羽を伸《の》ばそうとしたんたぞっ！　それが台無しだっ！」

「ロランさん、冷静になってください」

紗霧の言葉に、ロランは「あ、失礼」と口を閉《と》ざす。

だがマミちゃんは、余計ヒートアップした。

「いやん！　レオンが来年の大作に出演？　新情報ゲット！　脚本《きゃくほん》と監督《かんとく》が決まっていて、出演者が発表されていない来年の大作映画だと、『ホスピタル・ストーリー』と『メイフラワー』、日本映画のリメイク『RINNE』でしょ？　レオンがそのどれかに出演するわけねっ！　もうステキ！　ありがとうエージェント！」

なんで礼を言われる……と落ち込むロランをよそに、痛む腕を押さえていた智宏は心の中で「俺はとっくに知ってるよ！」と叫ぶ。

「はいはい。さて、警備員室に行こうか。そしてパトカーに来てもらおう」

紗霧は冷静にマミを引きずってエレベーターに向かった。

「ちょっと！　その変態邪魔者っ！　あなたのせいで捕まっちゃったじゃないっ！　絶対に許さないから、覚悟《かくご》しておきなさいっ！　絶対に絶対に許さないからっ！」

彼女は智宏の姿をビデオカメラに収めながらエレベーターの中に入り、ドアが閉まるまで「許さない」と叫《さけ》び続ける。

「ボディーガードにこういうことを言うのは変かもしれないが……大丈夫《だいじょうぶ》かい？　村瀬君」

ロランは、右腕を押さえたままの智宏に心配そうに声をかけた。

「はい。レオンさんに危害が加えられなくて、なによりです」

智宏は冷静に言うが、痛みは引くどころか、どんどん増していく。

「事態は収まったか……？」

その声に、智宏は慌《あわ》てて振り返った。

レオンがドアから顔を出していたのだ。

「部屋に入っていてくださいっ！　万が一、彼女が先輩《せんぱい》から逃《に》げて戻《もど》ってこないとも限らないんですっ！　あなたの顔を見た彼女が、興奮のあまり何をしでかすか、分かったものではありませんっ！」

「だから、トモを助けに行きたいのを我慢して、静かになるまで部屋の中にいたんじゃないか。興奮したストーカーの前に現れたらどんなことになるか、俺にだって分かる」

レオンは不機嫌《ふきげん》な顔で言うと、乱暴にドアを閉めた。

「ロランさんは、レオンさんの側《そば》にいてください。私は、先輩が戻ってくるまで廊下《ろうか》に待機します」

「だが村瀬君。君の腕《うで》……」

「私の体より、ハリウッドスターの『レナード・パーシヴァント』の体の方が大切です」

智宏に言い切られたロランはそれ以上は言わず、軽く頷《うなず》いてレオンの部屋に入った。

「……本当に、ホラーだった」

ファンの一念岩をも通すというやつか？　それにしても……終わりよければ全《すべ》てよし。レオンが無事でよかった。マミちゃんのあの勢いなら、レオンを押し倒《たお》して子供を作りかねない。そんなの、絶対に嫌《いや》だ……。レオンが日本にいる間とはいえ、俺はレオンの、その、あの、アレだし。下半身に関《かか》わるようなことは、断固として阻止《そし》しなければ……っ！

智宏は壁《かべ》に寄りかかったまま、顔を赤くして決意する。

「しかし煉瓦の次はビデオカメラかよ。それでも、銃《じゅう》で撃《う》たれなかっただけマシか」

「ガーディアン・ローブの海外支社では、クライアントを守るために銃弾を浴びたボディーガードが何人もいる。命に別状はなかったものの、彼らは復帰するまで数ヶ月を要したと聞いた。

「復帰に何ヶ月もかかったら、レオンのボディーガードができなくなるもんな、あとで湿布《しっぷ》を貼《は》り替《か》えて、痛み止めを飲もう」

智宏は痛みの引かない右腕を見下ろして、小さなため息をついた。


結局紗霧が戻ってきたのは、午後も二時を回ってからだった。

「レオンさん。安心してください」

廊下で待機し続けていた智宏を伴《ともな》って部屋に入った紗霧は、まだガウンにパジャマ姿でソファに寝転《ねころ》がっていたレオンに微笑む。

「どういうことだ？」

「とりあえず結果を先に言わせてもらいます。『スターどっきり突撃犯《とつげきはん》』のマミちゃんは、彼女を迎《むか》えに来たご家族により、厳重な管理下に置かれることになりました。この通り、念書も……」

紗霧はジャケットの内ポケットから封筒《ふうとう》を取り出すと、それをロランに渡《わた》した。

「あー……難しい漢字がいっぱいだね。読めなくはないが、意味が今ひとつ分からない」

「今後一切《いっさい》、レオンさんの周りをうろつきません。約束を破った場合は、どうにでもしてちょうだい、と、書いてあります。文章は数行ですが、書いてもらうまでが大変でした。泣いて喚《わめ》いて、挙げ句の果てに備品を破壊《はかい》しました」

彼女が部屋に侵入《しんにゅう》しなくて、本当によかった……っ！

紗霧のうんざりした声に、レオン以下三名はほっと胸を撫《な》で下ろす。

「彼女がスイートフロアや屋上に登場した件ですが、愛用のノートパソコンでホテルのセキュリティーシステムに進入して、セキュリティー解除コードを盗《ぬす》んだそうです。証拠《しょうこ》のパソコンの中を見ましたよ。ハッキング用の自作ソフトの名前がレオン……」

「気持ち悪いことをわざわざ教えなくていいよ。高中君。で？　ホテル側《がわ》はなんと言っている？　出方によっては、裁判を起こすぞ」

「平謝りで、宿泊《しゅくはく》中にかかる全ての費用を負担するそうです。のちほど支配人と代表取締役《とりしまりやく》が挨拶《あいさつ》に伺《うかが》うそうですが、どうします？　ホテルを替えますか？」

「……んー。どうする？　レオン」

タダより怖《こわ》いものはないが、既《すで》にもう怖い思いをしているので大丈夫だろう。ロランは「無銭ゴージャス」に心惹《ひ》かれて、微笑《ほほえ》みを浮かべながらレオンに尋《たず》ねる。

「面倒だからここでいい」

「そうですか。ただし相手がマミちゃんとの裁判は避けた方がよろしいかと、一切不問に付すということで、話をまとめました」

「フモンにフす？　サギリ。意味が分からない」

レオンとロランが揃《そろ》って首を傾《かし》げた。

「そっちが引き下がるなら、こっちも何も言いませんよということです。よくあることですね」

智宏が言葉をくだいて説明する。ロランは「レオンをマミちゃんの毒牙《どくが》から救うためなら」と頷くが、レオンは「ノーだ」と低い声で呟《つぶや》く。

「トモの腕はどうなる？　俺を守るために自らの体を犠牲《ぎせい》にしたんだぞ。相手がどれだけ権力を持っていようが、俺はトモのために裁判を起こす。弁護士ドリームチームを結成すれば、どうにでもなろう。俺の大事なトモに傷を負わせたことを、心の底から後悔《こうかい》させてやる」

「大げさです」

智宏の冷ややかな突《つ》っ込みに、レオンは悲痛な表情を見せた。

「彼の言う通りです。とはいえ村瀬、湿布を貼り替えておこう。利《き》き腕が使えなくなると、今後の仕事に差し支《つか》える。痛み止めも飲めよ？」

紗霧は智宏に救急箱を用意させ、スーツのジャケットを脱《ぬ》がせる。

智宏はソファに腰《こし》を下ろし、右腕の袖《そで》を肘《ひじ》までまくり上げて湿布を外した。

思わずそう呟いてしまったレオンは、自分の言葉に衝撃《しょうげき》を受けて、両手で顔を覆《おお》うと「Jesus」と呟いた。

「人間の腕って……こんな凄い色にもなってしまうんだ」

ロランはレオンと違《ちが》い、感心した声を出す。

「見せ物ではないのですが……」

智宏はそう言うが、二度も同じ場所を攻撃《こうげき》された彼の右腕は、見せ物以外のなにものでもなかった。

打撲で変色した場所が、熱を持って腫《は》れ上がっている。それは人の腕でなく、生暖かな未確《みかく》認《にん》生物に見えて気持ちが悪い。

「治るまでしばらくかかりそうだな。だが関節でなくてよかった」

紗霧は患部《かんぶ》に湿布を貼り、慣れた手つきで包帯を巻く。

「ありがとうございます」

「トモ。俺たちは傷までお揃《そろ》い」

衝撃を「吸収」したレオンは、智宏の腕に自分の頰《ほお》を寄せてにっこり笑った。

「そうですね」

「なんだ、その棒読みは。ここは『そんな……もう！　レオンの、ば・か』と言って照れるシーンだ」

「それはまたの機会ということで。……お騒《さわ》がせして申し訳ありませんでした」

智宏はロランに頭を下げ、席を立つ。

「どこへ行くんだ？　トモ」

「廊下です」

「誰《だれ》がそんなことを許す。お前の所定の位置は、俺の隣《となり》と決まってるんだぞ？　俺から離《はな》れることは絶対に許さない。お前が俺の側から離れたら、世界は滅亡《めつぼう》する」

そんな世界なら、いっそ滅亡していいよ。このわがまま男。

智宏は心の中で突っ込んだ。

「滅亡したら、レオンが主演する映画を観《み》られなくなるから困るな。村瀬君。彼の側にいてくれないか？　そして、大人しくさせてほしい」

ロランはレオンの言葉を本気にせず、苦笑《くしょう》を浮《う》かべて部屋を出て行く。

「サギリはどうする？　ここに待機して、俺とトモがスイートな時間を過ごすのを観察するか？　それとも、部屋に戻《もど》る？」

レオンは智宏の腰に両手を巻き付け、自分に引き寄せながら尋ねた。

「私は廊下に待機します。必要なときは声をかけてください」

「先輩《せんぱい》、俺が廊下に待機します」

智宏は、自分の腰に絡《から》みついたレオンの手を離しながら言うが、紗霧は肩《かた》を竦《すく》めただけで部屋の外に行ってしまった。

「うーん。サギリは気が利く。これで二人きりになれたな、トモ。……もう離さない」

レオンの指が、智宏のスラックスのベルトにかかる。

「レオンさん……」

「恋人《こいびと》なんだ。俺のことは『レオン』と呼び捨てにしろ」

「レオン」

「なんだ？」

「日本人は、昼間からそんなことはしません」

そんなのは嘘《うそ》だ。でも、なんというか……恥《は》ずかしいじゃないかっ！　心の準備もできてないしっ！　ここは一つ、俺の気持ちを思って引いてくれっ！

智宏はレオンの手の上に自分の手をそっと乗せ、顔を赤くする。

「そういう……ものなのか？」

日本語はできても、国民性はよく知らない。レオンは半信半疑で、智宏の顔を覗《のぞ》き込んだ。

無表情だが、彼の顔が赤くなっている。

「どうやら本当らしいな。だがしかし。俺のこの、溜《た》まりに溜まった欲望はどうしたらいいんだ？　トモの手を借りようにも、怪我《けが》をしているから可哀相《かわいそう》で借りられない」

借りられたら、何をするつもりだよっ！

智宏は怒鳴《どな》りたいのを我慢《がまん》して、「申し訳ありません」と掠《かす》れ声を出した。

「トモ。トモ、トモ、トモ。ちょっとここに座れ。そして話し合おう」

レオンは智宏の体を自分に向かせると、膝《ひざ》の上に乗せる。

「この格好は、大変危険です」

「トモは俺の恋人だろう？　だったら、少しはアメリカ式に理解を示してくれ。あまり焦《じ》らされると、口から精液が溢《あふ》れてきそうだ」

うっ！

想像したくないのに想像してしまった智宏は、赤い顔のまま思い切り頬を引きつらせる。

「どうしてそういう露骨《ろこつ》なことを……っ」

「ごめん。自分でも言ってて気持ち悪い。だが、なりふり構っていられないほど、俺はトモを愛している。だから、アメリカ式と日本式の間を取って、途中《とちゆう》までするというのはどうだ？」

「どこまでが途中なのか、具体的に言ってもらいませんと」

「入れるのはなし」

つまり、それ以外は全《すべ》て「途中」？　嘘だろ？　いくら相手が大ファンのスターでも、「あんなこと」や「こんなこと」はできないぞ？

智宏は、誰かに見られたら死んでしまうほど恥ずかしいことを想像し、小刻みに首を左右に振《ふ》った。

「怖くないから。な？　トモ」

「そ、そういうことは……帰国してから……」

「一緒《いっしょ》にアメリカに行ったら、お前もアメリカナイズされるということか？　だったらそれまで我慢……できるかっ！」

「ちょっと…っ！　ちょ…っ……！……んっ」

レオンは強引《ごういん》に智宏の唇《くちびる》を奪《うば》い、彼を黙《だま》らせる。

また反則…っ！　こんな気持ちのいいキスをされたら……どうにでもしてほしくなっちゃうだろ……っ！

悪態は心の中でだけ。智宏の体はレオンのキスでどんどん柔《やわ》らかくなっていく。

強引《ごういん》なキスが徐々《じょじょ》に優《やさ》しくなっていき、最後は触《ふ》れるだけの軽いものになった。

レオンは、智宏の体から力が抜《ぬ》け、すっかり柔らかくなったことを確認《かくにん》すると、静かに唇を離す。

だが智宏はレオンの唇を追いかけて、今度は自分からキスをした。

「あ……俺は……何をして……」

「俺は今、涙《なみだ》が出そうなくらい感動している。トモはなんて可愛《かわい》いんだ」

言うが早いか、レオンは智宏を肩に担《かつ》いで立ち上がる。

いきなり視線が高くなった智宏は、男らしい声を上げて驚《おどろ》いた。

「このままソファでしてしまうなんてもったいないっ！　これはベッドだろう！　ベッドでするべきものだろう！　二人の熱い絆《きずな》に乾杯《かんぱい》！」

「レオンっ！　俺は仕事中だっ！」

「俺の側《そば》にいるのがお前の仕事なら、これから行うことも仕事のうち」

人はそれを屁理屈《へりくつ》と言う。

智宏はレオンの肩に担がれたまま「なんだよそれは……」と、呆《あき》れ声を出した。

「スーツが皺《しわ》になったら困るから、脱《ぬ》いでしまおう」

「おい……」

「ああ、ネクタイも邪魔《じゃま》だな」

「あのな……」

「ワイシャツは着たままの方がセクシーだから、ボタンを外すだけにするぞ?」

「レオン……」

「下着とスラックスは脱いで…と。あ、靴下《くつした》も脱がないとな。穿《は》いたままだとビジュアル的に間抜《まぬ》けだ」

「こら、レオン」

智宏は、嬉々《きき》として自分の服を脱がしていくレオンの湿布《しっぷ》を貼《は》った左頬を、わざと指先で突《つ》いた。

「アウチ!」

「ムードもへったくれもないまま、俺を押し倒《たお》そうというのか？」

「へったくれの意味は？」

尋《たず》ねられた智宏は、逆に「意味……？」と眉《まゆ》を顰《ひそ》めて険しい顔をする。

「トモは黙って、俺にリードされていればいいんだ。俺のテクニックを体験してみろ。二度とほかの男に抱《だ》かれたくなくなる。俺だけを求めるトモ……ロマンだ」

あんただけを求めちゃったら、あんたが帰国したあとは困るだろうが。俺は一人になるんだぞ？　俺は今のままでもレオンが好きだから。凄《すご》く好きだから。頼《たの》むから、これ以上好きにさせないでくれ。

智宏は、自分にのし掛《か》かっているレオンを見上げ、寂《さび》しさと情けなさに顔を歪《ゆが》めた。

「俺を守るために、怪我なんかさせない。アメリカに行ったら、お前にもボディーガードをつける。いいな？」

「ボディーガードのボディーガードなんて……聞いたことがない」

「では俺が前例を作ろう。愛しているよ、トモ。俺は一億人のファンよりも、お前が大事だ。そして俺は、お前ただ一人に愛されたい」

やっぱり俺は、レオンのボディーガードをすることになって、一生分の運を使い果たしたんだ。こんな嬉《うれ》しい言葉をもらえるなんて、信じられない。

「トモ。何か言ってくれ」

レオンは照れくさそうな笑《え》みを浮かべ、智宏の頬《ほお》をそっと撫《な》でた。

「側にいる。俺は……レオンの側にいる……」

あんたが日本にいる間だけだけど、ずっと側にいる。だから、アメリカに帰っても俺のことを忘れないでほしい。スターは、誰《だれ》か一人が独占《どくせん》してはいけない。ファンの手が届くところにいてはいけない。俺がレオンの側にいれば、きっと足を引っ張ることになる。そんなのは嫌《いや》だ。

智宏は自由のきく左手をレオンの背に回して力を込《こ》め、「レオンは俺が独占していい人間じゃない」と自分に言い聞かせる。

「トモ……」

レオンは彼のその仕草を「オーケーのサイン」と見て、動き始めた。

「ん……っ」

首筋にキスをされ、強く吸われる。わざと目立つ場所に赤い痕《あと》をつけられても、文句は言わない。できれば、一生残る痕をつけてほしい。

レオンの唇が首筋から肩《かた》、そして胸へとキスを繰《く》り返した。

「もう感じてる」

「分かってるから……も……しゃべるな……っ」

胸の突起《とっき》にキスをされ、指先で雄《おす》を愛撫《あいぶ》されながら、智宏は掠れた声を出す。

「嬉しさを言葉に表しているんだ」

「バカ……っ」

智宏は恥ずかしさのあまり悪態をついて目を閉じた。

自慰《じい》を覚えたばかりの頃《ころ》のように、体は些細《ささい》な愛撫に過敏《かびん》になる。レオンの指は、智宏の先走りでねっとりと汚《よご》れていた。

嘗《な》められ吸われた胸の突起は赤く勃《た》ち上がり、雄は腹につくほど硬《かた》く反り返っている。

「トモ……」

レオンは智宏の下腹にキスを落としてから顔を上げた。彼の表情は映画で観《み》たベッドシーンとは異なり、これっぽっちも余裕《よゆう》が感じられない。

その顔を見て、智宏は首まで真っ赤になった。

彼は智宏の足を持ち上げM字にして大きく広げると、熱を帯びて欲望の雫《しずく》を溢《あふ》れさせている場所をじっと見つめる。

見つめられているだけなのに、智宏の雄はとろとろと先走りを溢れさせ、愛撫を受けているように時折ひくつかせてしまう。

「や……」

そんな恥《は》ずかしい自分の体を、レオンに見られたくない。智宏は両手で股間《こかん》を覆《おお》い、隠《かく》そうとした。

「隠すな。俺に見られて感じているところを見せろ」

レオンは智宏の手の甲《こう》にキスを落とし、手を外すようし向ける。

恥ずかしくてたまらない。けれど、もっと見てほしい。

智宏は自分の欲望に逆らうことができず、股間を隠していた手をおずおずと外した。

レオンはそう囁《ささや》くと、智宏の股間に顔を埋《うず》める。

「いい子だ」

「……っ！」

いきなり生暖かな感触《かんしょく》に包まれた智宏は、背を仰《の》け反らせて驚愕《きょうがく》した。

男を好きになるのは初めてだと言った彼が、ためらいもなく自分の雄を口に含《ふく》む。

「レオン……っ……そんなこと……しなくていい……っ！」

自分がレオンにするならまだしも、レオンにこんなことはさせられない。

智宏は今にも泣きそうな顔で体をよじり、彼の口から自分の雄を離《はな》そうと必死になった。

だがレオンは智宏が抵抗《ていこう》すればするほど、彼の足を強く押さえ、執拗《しつよう》な愛撫をする。

「だめだって……汚《きたな》いって……」

敏感《びんかん》な先端《せんたん》を舌でなぞられ、先走りを掻《か》き出すように動かされたとき、智宏は堪《こら》えきれずに喘《あえ》いだ。

「あ、あ……っ……、んん……っ」

声はどんどん大きくなり、無意識のうちに腰《こし》が揺《ゆ》れる。

同性だけに、どこをどう刺激《しげき》すれば快感を得られるのか分かっている動きが気持ちよくて、そしてなぜか悔《くや》しい。

「や……そこ……だめ……だ……っ」

智宏の足を押さえていたレオンの手が片方外れ、興奮して持ち上がっている袋《ふくろ》を、やわやわと優《やさ》しく揉《も》み出した。

二ヶ所を同時に刺激されることに慣れていない智宏は、レオンの意地の悪い動きに翻弄《ほんろう》されて、甘く掠《かす》れた声を上げてしまう。

「レオン……も……離してくれ……っ」

このままだと、レオンの口の中に出すってば！　そんなことできないってっ！　あっ！　そこ揉むなっ！　弱いんだから揉むなっ！

智宏は渾身《こんしん》の力で体を起こし、自分の股間からレオンの頭を離そうと、彼の髪《かみ》を左手で乱暴に摑《つか》んだ。

「……痛いよ、トモ」

「もう……これ以上はいいからっ！」

「なんで？　トモのここは、喜んでいる」

レオンは智宏と視線を合わせたまま、わざと舌を出して彼の雄の先端を嘗める。

感触だけでも信じられないくらい気持ちよかったのに、それを見せられてはたまらない。

過敏な神経は羞恥心《しゅうちしん》と快感に刺激され、智宏の頭の中が真っ白になった。

「や……っ、あ、あぁああ……っ！　そんな……っ！　そんなところ……っ…だめ……っ…だめだっ」

「感じてるなら、気持ちがいいと素直《すなお》に言え」

智宏は真っ赤な顔で首を左右に振《ふ》る。だが彼の体は、新たな刺激を待っている。

「恥ずかしいこと……やだ……っ…」

「バカだな、トモは」

レオンは愛情のこもった声でそう言うと、智宏の見ている前で彼の雄を深く口に含み、強く吸った。

「や、やめてくれ……っ。レオンっ！　んぅ……っ……やだぁ……っ……やめ……っ」

きつく吸われて、舌で嘗め回される。

その動きは乱暴なキスをされたときとよく似ていた。

レオンにキスをされると、凄く気持ちがいい。それがどの場所であっても、体から力が抜《ぬ》けて何もかもゆだねてしまう。

「ごめん……っ……俺……俺……もう、もうだめ……っ！」

こんな激しい快感は今まで味わったことがない。

智宏は涙《なみだ》を零《こぼ》しながら腰を揺らし、自分の股間にレオンの頭を押しつけて果てた。

レオンは智宏が射精してもすぐに唇《くちびる》を離さず、彼の残滓《ざんし》を搾《しぼ》り取るように舌で何度も扱《しご》く。

そのたびに智宏は体をぴくんと震《ふる》わせるが、抵抗らしい抵抗はしない。

「バカ……っ」

智宏は、自分の股間から顔を上げたレオンと目が合った途端《とたん》、掠れ声で悪態をついた。

「早く……吐《は》き出せ」

レオンはその申し出を首を左右に振って断ると、喉《のど》を鳴らして口の中のものを全《すべ》て飲み込む。

「き……汚いのに……」

「思っていたほど酷《ひど》い味じゃない」

「バカっ！」

智宏はレオンの肩を両手で摑み、「トイレで吐いてこいっ！」と何度も繰り返す。

「愛してる」

レオンは智宏の言葉を無視して、甘く囁いた。

智宏は顔をクシャクシャに歪《ゆが》める。そして、ぼろぼろと涙を零した。

「お…男を好きになったのは……初めてだと言ったじゃないか……っ！　セックスだってそうだろう？　なのに……なんであんなものが飲めるんだよ……っ！　なんで……銜《くわ》えられるんだよっ！　俺は……そんな……こと……してくれなんて……言ってないっ！　レオンだって、俺にそんなことをしちゃ……いけないんだ……っ！」

わがままを聞き入れてもらえず、かんしゃくを起こした子供のような顔で、智宏は泣き続ける。

「愛してるから、トモ《ヽ》になんでもしてやりたい。それが悪いことか？」

「愛してるって……愛だけでこんなことが……できるのか？　俺は……しろと言われてもためらうぞ？　できないと思う。なのに……レオンは……いとも簡単に……っ」

智宏はそこまで言うとレオンに背を向けて、大きな羽毛枕《うもうまくら》に顔を突《つ》っ伏《ぷ》す。

「俺だって、相手がお前でなければあんなことはしない」

レオンは後ろから智宏を抱《だ》きしめて、彼のうなじにキスをした。

「それほどお前を愛しているということだ。理解しろ」

「理解したら……もう……離れられなくなる」

「離さないからいい」

　レオンは小さく笑って、前に回した両手で智宏の胸を撫《な》で回す。未《ま》だ興奮の覚めていない胸の突起を指先でそっと摘《つま》んでやると、智宏は可愛《かわい》い声を上げて体を震わせた。

「トモの中に入りたい」

　十分な硬《かた》さを持ったレオンの雄《おす》が、パジャマ越《ご》しに智宏の尻《しり》に押しつけられる。

「あ……っ」

「いいだろう？　トモだってそれを望んでる」

　たしかに望んでいるかもしれない。レオン一人だけを相手にするのなら、たとえゲイだとしても気が軽いだろう。だが智宏は頷《うなず》けない。

　だめだ。やっぱりだめだ。ただでさえこんなに好きなのに、ここでレオンとセックスをしてしまったら、離れられなくなるどころかアメリカまで追いかけてしまう。そうなったら、困るのはレオンだ。俺はスターじゃないし、庶民だから、金持ちでもない。

　智宏は首を左右に振って、レオンを拒絶《きょぜつ》した。

「トモ」

「これなら……してやれる」

　智宏は左手をレオンの下肢《かし》に伸《の》ばし、彼のパジャマの中に入れる。そして彼の雄を摑むと、ぎこちなく扱き始めた。

「それで俺が満足すると思うか？　おい」

「か……観光もつける。ロランさんと先輩《せんぱい》には秘密で……」

智宏の胸の内をまったく知らないレオンは、「智宏と二人きりの観光」の言葉に心が揺れる。

「ずっと二人きりか？」

「ん」

「どこまでも俺についてくるか？」

「ん」

レオンの雄が智宏の手の中で硬さを増す。その熱と感触《かんしょく》を感じ、彼の下肢もまた徐々《じょじょ》に熱を取り戻《もど》していった。

「なら、今はこれで許してやる。その代わり……」

レオンは上擦《うわず》った声で了解《りょうかい》すると、智宏の体を仰《あお》向けにひっくり返す。彼はパジャマを引きずり下ろすと、半勃《はんだ》ちになった智宏の雄に自分の雄をこすりつけた。

「あぁっ！」

達したばかりの敏感な雄は、何かが少し触《ふ》れただけでも過剰《かじょう》に反応してしまう。

「もう一度、イクときのお前の可愛い顔が見たい」

「で…でも……」

「俺はわがままか？　お前に無理を言っているか？」

智宏は慌《あわ》てて首を左右に振り、レオンの雄に手を伸ばす。レオンもまた、智宏の下肢に指を伸ばした。


「答えづらいことを聞くようですがレオンさん」

「ん？　なんだ？　サギリ」

バスルームから出たばかりのレオンは、やけに爽《さわ》やかな微笑《ほほえ》みを浮《う》かべて冷蔵庫からビールを取り出した。

「村瀬が使い物にならなくなった原因は、あなたですか？」

本来ならレオンの部屋に待機するのは智宏の役目だが、彼は夕食前に紗霧の部屋に戻り、「交代をお願いします」と言って、食事もせずに寝室《しんしつ》にこもってしまった。

「原因は『愛』、だな」

レオンの顔には「いろいろやっちゃいました」と書いてある。

「ボディーガードを欲望のはけ口にされても困ります」

「それは違《ちが》うぞ。俺たちは恋人《こいびと》同士。……はっ！　もしやサギリは、俺たちの愛の行為《こうい》に参加したかったのか？　確かに君は美形だが、俺の好みじゃない。それに俺の愛は、トモ一人にだけ注がれているんだ」

レオンは紗霧に「悪いな」と言って、乱暴にソファに腰掛《こしか》けた。

「あなたの好みでなくて幸いです。話を戻しますが、このまま村瀬をあなたの側《そば》に置いておくことはできません。私情で行動して、クライアントにもしものことがあったら困りますので」

「許さないぞ、サギリ」

「できれば私も、このまま穏便《おんびん》に済ませたいと思っています。ですが、レオンさん」

紗霧はレオンの向かいに腰を下ろし、厳しい視線で彼を見つめた。

「……本気で村瀬を側に置きたいのであれば、もっと周りを見てください。愛だけではどうにもならないことが山ほどあるはずです」

「おいサギリ」

レオンは飲みかけのビール缶《かん》をテーブルの上に置き、優雅《ゆうが》に足を組んで微笑む。

「なんでしょう」

「任せろ。心配するな」

自信に満ちあふれた笑顔は、演技ではなかった。

紗霧はいぶかしげな表情でレオンをしばらく見つめていたが、軽く頷いて苦笑《くしょう》する。

「出しゃばって申し訳ありません」

「トモはあの通りのヤツだから、お前が心配するのも無理はない。気にするな」

「はい」

「ところで、俺も一つ聞いていいか？」

「なんでしょう」

「俺のこの痣《あざ》、少しは消えてきたか？」

レオンは自分の左頬《ほお》を紗霧に差し出し、色の変化を尋《たず》ねた。

「……薄《うす》くなってはいますが、もう少し時間がかかると思います」

「メイクをしても目立つか？」

「でしたら大丈夫《だいじょうぶ》……ではありません。痣が消えないうちに観光を再開されるつもりですか？」

鋭《するど》い問いかけに、レオンは微笑みを浮かべたまま黙秘《もくひ》をする。

「もぬけの殻《から》になったこの部屋で、ロランさんが悲鳴を上げる様子が目に浮かびます」

「まだ日時は決まっていないが、そのときは適当に話を合わせてくれ」

「了解しました。私が知っていることは村瀬には秘密にしておきますね」

「おう」

「……村瀬は」

そこまで言って、紗霧は口を閉《と》ざした。これ以上はいらぬお節介《せっかい》かもしれない。

「ん？　途中《とちゅう》でやめるな」

「彼はレオンさんの大ファンなんです。だから……レオンさんの足を引っ張るような真似《まね》はしたくないと……」

レオンの表情が瞬《また》く間に変化する。

彼は笑みを浮かべるのをやめ、恐《おそ》ろしい表情で紗霧を睨《にら》んだ。

「あいつがそう言ったのか？」

「お節介が過ぎました。私はもう寝室に戻ります」

立ち上がった紗霧の腕《うで》を、レオンは力任せに摑《つか》む。だが、軽くいなされてしまった。

「失礼。体が訓練されているもので」

「それは素晴らしい……じゃないっ！　どういうことだ？　なんでトモが俺の足を引っ張ることになる？　むしろ俺の方が、トモの足を引っ張ってしまうかもしれないのに」

「ご自分で言っていて、悲しくなりませんか？」

「あー……ちょっとだけ。……違《ちが》うっ！　紗霧、今すぐ話せ。詳《くわ》しく話せ。お前が話さないなら、俺は今すぐトモのところに行って、どんなことをしても聞き出すぞ」

ああ、やっぱり俺のお節介。たまにこれで失敗するんだよな……。

紗霧は心の中で自分に悪態をつくと、ため息をついてソファに座り直した。

「私が言ったということは、秘密にしてくださいね」

「バッチグー！　任せろっ！」

「……その、『バッチグー』は死語です」

「え？　今はやりの日本のスラングじゃないのか？」

紗霧は渋《しぶ》い表情で、「違います」とばっさり切り捨てた。

それから三日後。

二人が「脱走《だつそう》」するのに、気持ち悪いほどの好条件が揃《そろ》った。

紗霧は「中間報告」とやらで朝からホテルを離《はな》れ、ロランは寝冷《ねび》えによる腹痛でベッドに臥《ふ》せっている。

「頬の痣はほとんど消えた、と！」

レオンはTシャツにジーンズ、足下《あしもと》はスニーカーという、どこにでもいる「日本の外国人さん」の格好をして、バスルームの鏡の前で顔をチェックした。

智宏は智宏で、「こんな偶然《ぐうぜん》が重なっていいものか？」と、自分から「脱走」を提案したにも拘《かか》わらず、心臓をバクバクと高鳴らせる。

「トモ！　準備はいいか？」

「はい。……あ、サングラスをしてください。サングラス！」

智宏の格好も、Tシャツの柄《がら》が違うだけでレオンと変わらない。右腕の痣はしっかりと残っていたが、包帯は巻かずに湿布《しっぷ》だけにしていた。

「はいはい。これで不良外国人の演技をしましょう」

「いいですか？　頬の傷が治っていますから観光再開はかまいませんが、二人きりで、しかも行動予定表を出さずに行動することは規則違反《いはん》で契約《けいやく》違反です。会社とロランさんにバレたら、大変なことになりますからね？　くれぐれも、派手《はで》な行動は慎《つつし》んでください」

「トーモー。二人っきりのデートなんだから、その丁寧《ていねい》口調と無表情はやめろ。もっとこう……楽しそうな顔をしろ。レオンのお願い」

「慣れませんが……努力します」

自分では、かなり楽しそうな顔をしていると思ったんだが、違うのか。そうか。気をつけよう。レオンとの思い出をいっぱい作って、離れても寂《さび》しくないようにしなくちゃな。

智宏は携帯《けいたい》電話と財布《さいふ》、ハンカチにティッシュ、そしてもしものための救急用品をコットンバッグに入れて、斜《なな》めがけする。

「なんかその格好、可愛《かわい》い。ティーンエイジャーのようだ」

レオンはニヤニヤ笑いながら、智宏の額にキスをした。

「三日ぶりのキスだ。唇《くちびる》にしたらキスだけじゃ収まらないから額で我慢《がまん》した。誉《ほ》めろ」

この日のために、レオンは自分に禁欲を言い聞かせ、智宏にスキンシップを求めなかったのだ。それに紗霧も側にいたので、智宏に手を出そうにも出せなかった。

「場所に関係なく、どきどきします」

無表情で顔を赤くする智宏が、信じられないほど可愛らしい。レオンは乱暴に彼の体を抱《だ》きしめ、今生《こんじょう》の別れを惜《お》しむように切ない表情で離れた。

「出かける前から、頭に血が上るようなことはしないでください」

智宏は悪態をついてドアに向かうが、右手と右足が一緒《いっしょ》に出ている。

「今日は、俺の誠実な気持ちをお前にしっかりと教えてやる。だからバカな考えは捨てろ」

レオンはこっそり独り言を呟《つぶや》くと、智宏のあとに続いて部屋を出た。


まぶしい太陽。爽《さわ》やかな風。そして、信じられないほどの不快指数の高さ。

ボディーガードのノウハウを生かした智宏の手引きで、誰《だれ》にも見つからずにホテルの裏口からこっそり出たまではよかった。

だがレオンは、十分も歩かないうちに「体中にべっとりとした何かがまとわりつく」と呟いて日陰《ひかげ》に避難《ひなん》してしまう。

「本日の不快指数は、今年最高とニュースで言っていました」

「お前……よく平気な顔をしていられるな」

「二十四年も日本で生活していますから、慣れています。どうします？　秋葉原はもっと暑いですよ？　無難に近所の安売量販店《やすうりりょうはんてん》を見学した方がいいと思いますが？」

「秋葉原に行くことに意義があるんだ。近所のストアじゃだめ。凄《すご》いものがたくさんあるんだろう？　知り合いの映画監督《かんとく》が、自分の映画のフィギュアを大量に買ってきたと、楽しそうに話をしているのを聞いたことがある。俺も…………ほしいっ！」

「あー……私も持ってます。『ドリーマー・フォレスト』と『ブラッド・チョーカー』。海麗《かいれい》堂《どう》の限定フィギュアで、それはもう……目玉が飛び出るほどの値段でした」

「どっちの映画にも俺が出てるぞ」

レオンは暑いのを我慢して、智宏のいる日向《ひなた》に出てきた。

「だから買ったんです」

「俺もほーしーいー。自分のフィギュアがほーしーいー」

「レナード・パーシヴァント、三十歳独身、職業ハリウッドスターさん。道の真ん中で駄々《だだ》を捏《こ》ねるのはやめてください」

「俺のフィギュア……」

「売っている場所に連れて行ってあげますから、大人しくしてください」

「地下鉄で行く？」

「いいえ、ＪＲです」

「よし」

ＪＲが何かを知らぬまま、レオンは智宏の手を摑んで歩き出す。

握《にぎ》り合った二人の手は湿気《しっけ》で湿《しめ》っていたが、不愉快《ふゆかい》さは感じなかった。

通りすがりの人々の視線も、「今だけだから」と気にしない。

レオンとのデートを満喫《まんきつ》して、素敵な思い出を作ろう。

智宏はほんのりと頰《ほお》を染め、それだけを考えた。

二人は駅前の人込みを観察できるカウンター席に腰《こし》を下ろして、ほっと一息つく。

レオンはLサイズのアイスティーにストローを突《つ》き刺《さ》すと、店内を一瞥《いちべつ》して呟いた。

「どうやら俺の正体はバレていないようだな」

「ここは、自分のほしいものだけを買いに来る人々ばかりが集まるところですから」

「ふーん」

レオンは少しつまらなそうな顔でポテトフライを口に入れ、アイスティーを飲む。

「汗《あせ》が引いたら、早くここを出ましょう」

「え？　もう少しゆっくりしたい。外は暑い」

「周りの女性客に注目されています」

「フィギュアを買ったからか？」

「違います。女性はめざとい。サングラスをしていても、美形を見過ごすことはありません」

智宏は冷静に呟いて、オレンジジュースを飲んだ。

「ジェラシーか？　トモ。だったら、こうすればいい」

レオンは何を思ったのか、隣《となり》に座っている智宏の腰に手を回し、自分に引き寄せる。

「ほら。『なんだ、ゲイか』ということで、彼女たちの視線が俺たちに集中することは……」

「予測不能な行動を取らないでください。そっぽを向かれるどころか、余計注目を浴びました」

「それは……俺も今……よく分かった」

彼らの背中に、怪《あや》しげな視線がザクザクと突き刺さる。だが二人とも振《ふ》り返る勇気はない。

「次はもっと、人のいないところで……」

「もう、何も言わないでください」

デートは嬉《うれ》しいし楽しい。だが、様々なマニアが集《つど》うこの町で派手な行動はするなっ！　ああ、背中に感じる視線が痛い。恥《は》ずかしい。レオンのバカ。

智宏は苦行僧《そう》のような表情で、ハンバーガーにかぶりついた。

レオンも黙《だま》って、ポテトを腹の中に納める。

店内にいた女性たちは、「もうなにもしないのかしら？」と期待を胸に秘《ひ》めたまま、彼らが食べ終わって店をそそくさとあとにするまで、ずっと注目し続けた。

「あんな恥ずかしい思いをしたのは、生まれて初めてです」

「俺と二人きりのときを抜《ぬ》かしてか？」

「当然です」

彼らは大型店の集中する大通りに足を向け、声を潜《ひそ》めて会話を交《か》わす。

「学習したから安心しろ。せっかくのデートなのに、トモの苦い言葉は聞きたくない」

「私も言いたくありません」

「だったらまず、敬語はやめろ。命令だ」

レオンはフィギュアの入った紙袋《かみぶくろ》をがさがさと揺《ゆ》らし、早足で歩く智宏を追った。

「あれを見てください」

智宏は交叉点のビルを指さす。

そこには、今日DVDリリースされた、レオン主演の映画看板が掲《かか》げてあった。

「『ドント・クライ・ミスター』の完全版コマーシャルか」

「予約したんですよあれ。寮《りょう》に届いているはずです」

智宏は主演した本人が隣にいるというのに、看板を見てうっとりと目を細める。

「そういう顔は、主演俳優を前にしてからしろ。看板になど見せるな。もったいない」

「ジェラシーですか?」

「当然だ」

レオンはむっとした表情で智宏を見つめ、人込みの中、掠《かす》めるように彼の頬にキスをした。

それを偶然目撃《ぐうぜんもくげき》した外国人のバックパッカーが口笛を吹《ふ》いて囃《はや》したり、眉《まゆ》を顰《ひそ》めたりする。

ほとんどの日本人たちは、自分たちの頭上で起きた出来事に気づかず、首を傾《かし》げた。

「し…身長が高くて……よかった」

「さて！　ラブを補給したら、次はデジタルビデオだ」

レオンは意地悪い笑《え》みを浮《う》かべ、道路の向かいにある大型店を指さした。

「ビ…ビデオ?」

「トモの可愛い姿を撮影《さつえい》してやる」

「カメラにしましょう。ビデオは、あまりいい思い出が……」

智宏は湿布《しっぷ》が貼《は》られた右腕《みぎうで》に視線を落とし、複雑な表情を浮かべる。

「マミちゃんを思い出す? だったらやめる。デジタルカメラに……」

そこまで言って、レオンは目を見開いた。

智宏は後ろを振り向いて彼の視線の先を辿《たど》る。

「これもある意味、運命か?」

「だとしたら、嫌《いや》な運命です」

まばゆい太陽の下、通りすがりの人々に「どきなさいよ!」と怒《おこ》っている一人の女性。

片手にブランドバッグ、もう片方の手にはコードや部品の飛び出た大きな紙袋を持って、こちらに向かって歩いてくるのは、紛《まぎ》れもないマミちゃんだった。

「トモ! 信号が青に変わった。走るぞっ!」

「はいっ!」

周りの人間よりも頭二つ近い長身の彼らは、遠くから見るとよく目立つ。しかも一人はきらきらと輝《かがや》く金茶の髪《かみ》だ。

「あーっ! レオン見つけたーっ!」

マミは小さな体から信じられないくらいの大声を上げ、もうスピードで彼らを追いかける。

「家に監禁《かんきん》されてるんじゃなかったのかっ！」

「脱走《だっそう》したのかもしれませんっ！」

「脱走？　俺たちと同じだな。あはは」

「笑っている場合ですかっ！」

二人は物凄《ものすご》い形相で走りながら、隠《かく》れる場所を探す。

だが悪いことは重なるもので、彼らはテレビのロケ隊とぶつかってしまった。

「Sorry!」

女性レポーターとぶつかって地面に転がしてしまったレオンは、慌《あわ》てて彼女を抱《だ》き起こす。

「レオンっ！　レナード・パーシヴァント！」

なぜバレた？

嬉しいハプニングに、カメラマンはレオンにカメラを向ける。

「ちょっと……」

レオンは自分の顔が映らないように顔に手を当てて、やっと気がついた。ぶつかったときにサングラスが外れてしまったのだ。

彼の周りはすぐさま人だかりとなり、「レオン」の大合唱が始まる。

サインを求めて迫《せま》ってくるファン、「有名人だ」と一目見ようと押し寄せる通りすがりの人々。車道の車さえ、わざわざ速度を落として人だかりを注目する。歩道は通行不可能となり、警察官が現れるのも時間の問題。おまけに、パチパチとカメラのフラッシュがたかれ、勝手に写真を撮《と》られてしまう。

ああもうっ！　俺はただ、トモとデートをしにきただけなのにっ！

レオンの頬が怒《いか》りで引きつったそのとき、人の波にはじかれていた智宏が、彼の腕《うで》を強引《ごういん》に摑《つか》んで引っ張った。

「トモ！　助かったっ！」

「それを言うのはまだ早いですっ！」

智宏はレオンの腕を摑んだまま、狭《せま》い路地裏に入り込む。

足が棒になるまで、レオン関係の限定フィギュアやグッズを探し回った秋葉原。どの道を通ればどこへ出るか、智宏は熟知していた。

「この角っ！　曲がりますからっ！」

「おうっ！」

後ろから追いかけてくる人々を振り払《はら》うため、彼らは怪しげなポスターやジャンク品の並ぶ路地裏を全速力で走り抜けた。

「ここまでくれば……もう……大丈夫《だいじょうぶ》。あとはタクシーを拾って……ホテルに……」

途中《とちゅう》で、どこをどう走っているのか分からなくなった。

気がつくと、秋葉原とは違《ちが》った美しいビルが建ち並んでいる場所に出た。

「ここ……どこ？」

「おそらく……東京駅……付近……だと。よく……走り続けた……もんだ」

「ちょっと……座る」

レオンはビルの壁《かべ》を背にして、そのままずるずると座り込む。フィギュアの入った紙袋を手放さなかったのが凄《すご》い。

「せっかくの一日を……台無しにして……ごめん」

智宏はレオンの前に跪《ひざまず》き、申し訳なさそうに項垂《うなだ》れる。そんな彼らの頭上に、追い打ちをかけるように雨が降り出した。

「まあ……長い人生、こんなこともあるさ。トモ、こっちに来い。濡《ぬ》れるぞ」

「も……濡れた」

雨は瞬《またた》く間に土砂降《どしゃぶ》りになり、水のカーテンが彼らと通りを遮断《しゃだん》する。

「天気予報では、今日一日は晴れだと……」

「二度あることは三度ある。トラブルもこれで終わると考えればいい」

「でも……レオンが日本にいることがバレた。俺のせいだ」

「違う。マミちゃんのせいだ」

レオンは智宏を抱きしめて言い切る。真面目《まじめ》すぎる言い方がおかしくて、智宏は「ぷっ」と

な」

「所詮《しょせん》スターには、お忍《しの》び観光は無理だということだ。ホテルに帰ったら記者会見の用意か

吹き出した。

「ごめん……」

「アメリカに行っても、きっとこんなことはたくさんある。それどころか、もっと面倒《めんどう》なことも起きるに違いない。今から覚悟《かくご》しておけよ、トモ」

でも俺は、一緒《いっしょ》にアメリカにいけないから……。

智宏はレオンの肩《かた》に頭を乗せて、気づかれないようにため息をつく。

「お前は俺と離《はな》れる気でいるらしいが、俺は自分が使えるコネクションの全《すべ》てを使ってでも、お前を一緒に連れて行く」

「む、無理……だ。アメリカまで行けないっ！　レオンが日本にいる間だけでいいんだっ！　ずっと一緒にいるなんて無理だっ！　レオンはスターなんだぞっ！　さっきの騒《さわ》ぎを忘れたのか？　俺が独占《どくせん》していい人間じゃないっ！　俺と付き合ったらゲイなんだぞ？　これからの仕事に差し障《さわ》りが出るっ！　俺はレオンの大ファンなんだ！　俺のせいでレオンに何かあったら、どうすればいい？　謝るだけじゃすまないだろうっ！　だから、一緒にいられるのは日本にいる間だけでいいっ！」

智宏の声は土砂降りの音に負けないくらい大きかった。

レオンのTシャツを摑み、ぐっしょりと濡れた体からはぽたぽたと雫《しずく》が落ちている。

「俺をバカにするな、トモ」

レオンは智宏の濡れた前髪《まえがみ》を掻《か》き上げてやりながら、低い声で言った。

「俺が、スキャンダルで失脚《しっきゃく》するとでも思ってるのか？　俺はそんな柔《やわ》な役者か？」

智宏は何も言えず、途方に暮れた顔でレオンを見つめる。

「俺の側《そば》にいたいと言っておきながら、お前は俺を信用していない」

「だって……レオンは……何も……」

「俺を信用していないから、わざわざ言葉を必要としているんだ。トモ、お前を泣かすようなことは絶対にしない。うるさいエージェントも俺が説き伏《ふ》せる。だからお前は、俺を信用してついてこい」

「レオン……」

ついてこいだって。俺を泣かさないだって。……俺、レオンとずっと一緒にいてもいいのか？　俺が独占してもいいのか？　ただのファンに戻《もど》らなくても……いい？

智宏の頰《ほお》に雫が落ちる。

「愛してる。お前の写真を初めて見たときから、ずっと……。俺を独占していいのはお前だけだ。お前以外必要ない」

レオンは智宏の体を壁に押しつけ、彼の顔に優《やさ》しい唇《くちびる》を何度も押し当てた。

「俺が日本にいる間だけ一緒にいるなんて、悲しいことを思うな。お前を思い出にするつもりはない。俺を信じろ」

「俺……も……思い出に……なりたく……ない。ずっと一緒にいたい。一緒にアメリカに行きたい。他人に酷《ひど》いことを言われてもレオンと一緒にいたい。離れたくない」

唇を離して呟《つぶや》いた智宏は、再びレオンにキスをした。二人は濡れそぼった体で抱きしめ合い、深いキスを交《か》わす。

レオンは智宏の股間《こかん》に自分の股間を押し当て、滾《たぎ》る欲望を見せつけた。

智宏はレオンの背に回していた腕を下ろし、肩にかけていた綿バッグを投げ捨て、ジーンズのフロントボタンを外してファスナーを下ろす。そして、窮屈《きゅうくつ》なジーンズを下着ごと太ももまで下ろした。

「トモ」

「こ……こんな場所で……ごめん。でも俺……ホテルまで……我慢《がまん》できない」

「雨のカーテン、ひんやりとした綺麗《きれい》な壁、土砂降りで周りの音は聞こえない。最高の場所だ」

レオンは智宏の前に跪き、彼の下肢《かし》から下着とジーンズを抜《ぬ》き取る。だが湿《しめ》ったジーンズはなかなか脱《ぬ》げず、こんな状況《じょうきょう》なのに二人は笑い出した。

「も……なんでこうなんだ……？」

「安心しろ。俺がすぐに、ロマンティックな展開にしてやる」

照れくさそうに頬を染める智宏の、その股間に、レオンが顔を埋《うず》める。

彼は智宏の足を大きく広げさせ、片足を自分の肩に乗せた。

「あ……っ」

レオンの舌は、智宏の雄《おす》をそっとなぞってもっと奥まった場所に移動する。自分が誘《さそ》ったと分かっているのに、固く閉《と》ざされた場所を嘗《な》められた智宏は、羞恥心《しゅうちしん》に体を震《ふる》わせた。

雨のカーテンの向こうに時折見える車の影《かげ》も、彼の羞恥心を高めていく。

「レオン……っ……」

智宏からは、レオンの頭しか見えない。雨に濡れた金茶の髪《かみ》は、彼が舌を動かすと同時に僅《わず》かに揺《ゆ》れる。

何度も丁寧《ていねい》に嘗められていくうちに、智宏は自分が飴《あめ》か何か、とにかく甘い食べ物に変化したような気分になった。

嘗められ、舌で転がされ、どんどん柔らかくなる。

「あ、あ……っ……も……っ」

そんな場所まで快感に変わるとは思ってもなかった。智宏は、じわじわととろけていく体を支えるのが辛《つら》くなり、レオンに懇願《こんがん》する。

「レオン……俺……っ」

レオンはねっとりと濡れたそこから舌を離し、智宏の袋《ふくろ》や雄にキスをしながら移動した。そして自分の肩から智宏の足を外して、崩《くず》れ落ちそうな彼の体を片手で抱《だ》き留める。

「初めてなのに、こんなに感じてる」

「……俺を触《さわ》っているのは……レオンだから……」

耳元に囁《ささや》かれて、智宏は掠《かす》れた声で言い返した。

「愛してるよ」

「ん。……んう……っ……」

智宏の口の中にレオンの筋張った長い指が二本、入って来た。最初は驚《おどろ》いたが、彼はその指を丁寧に嘗め、唾液《だえき》を絡《から》ませる。

レオンの指を噛《か》み千切《ちぎ》って自分のものにしたい欲求に駆《か》られたが、智宏は辛《かろ》うじて堪《こら》え、それがレオンの雄だと言わんばかりに、自分の舌で彼の指を吸い、見せつけるように愛撫《あいぶ》した。

「いい子だ。体の力を抜いて、俺にもたれろ。大丈夫《だいじょうぶ》、ちゃんと支えてやる」

智宏はレオンにしがみついて目を閉じる。

レオンは智宏の足を左右に広げさせ、自分を受け入れる場所にゆっくりと指を入れた。

「ん……っ……う……っ」

すっかり柔らかくなったそこは、レオンの指を易々《やすやす》と受け入れる。

最初は痛いものだと思っていたのに、下肢からは痛みどころか不思議な感覚がわき上がってきた。智宏の腰《こし》は自然に前後に揺れ、受け入れる指が二本になっても、苦痛は感じなかった。

「苦しいか？　大丈夫？」

「大丈夫。……でも……なんか……変……っ……俺の……中……っ」

指が動くたびに甘い痺《しび》れがわき上がる。智宏は、初めてなのにここで感じてしまった自分が恥《は》ずかしく、レオンの肩に顔を埋めて震えた。

「この中にも、トモの気持ちのいい場所があるのか？　隠《かく》してないで、俺に教えろ」

「そんなの……言えるわけ……っ……ん、んん……っ」

けれど智宏の体は、あまり深くない一点をレオンの指で突《つ》き上げられ、甘い悲鳴を上げる。

「や……っ……そこ……違う……っ……だめ……っ」

「もっと甘い声を出せ」

「レオン……そこ……強く……動かされたら……俺……っ」

指はこれからのレオンの動きを模倣《もほう》するように、激しく智宏を突き上げ、もっとも感じる一点を容赦《ようしゃ》なく責めた。

「や、や……っ……そこ……っ……あぁ……っ……」

智宏の雄は後ろだけの刺激《しげき》で硬《かた》くそそり勃《た》ち、とろりとした快感の液体で下肢を濡《ぬ》らす。

「俺と一つになりたいか？」

「あ……っ」

口にするのが恥ずかしい智宏は、目に涙《なみだ》を浮《う》かべて小さく頷《うなず》く。

「怖《こわ》くない、大丈夫」

これではまるで、ティーンエイジャーの台詞《せりふ》だ。

レオンは自分の言葉に苦笑《くしょう》しつつ、智宏の中から指を引き抜いた。そして彼の片足を持ち上げると、自分の猛《たけ》った雄を押し当てる。

「ん、ん……っ……あ……っ……待って……レオン……っ……もっと……ゆっくり……っ」

指とは比べものにならない、熱く硬いものが入ってくる。智宏は、熱した鉄で体を貫《つらぬ》かれるような苦痛に涙を零《こぼ》した。

「怖くない。……ほら、もうすぐ全部入る」

「熱い……火傷《やけど》……しそう……」

「辛いか？　もう少しだけ……我慢してくれ」

レオンは、苦痛に顔を歪《ゆが》める智宏の耳に何度も優しく囁き、彼の緊張《きんちょう》で強《こわ》ばった体を優しく愛撫する。

二人の腹の間で萎《な》えかけていた智宏の雄の、ぬるりとする先端《せんたん》だけを焦《じ》らすように、指先でそっと弄《もてあそ》んでやる。

「んぅ……っ……あぁ……っ！」

受け入れる苦痛と嬲《なぶ》られる快感に同時に襲《おそ》われ、智宏はレオンにしがみついたまま大きな声を上げた。

前後からの相反する刺激は、弱まるどころかますます激しくなる。

智宏がその激しさに気を失いそうになったとき、二人はようやく一つになれた。

「トモ、愛してる。愛してるよ」

愛《いと》しさのこもった囁きが、耳から忍《しの》び込む。

「俺も……レオン。……俺も……あ、愛……」

体中がレオンで満たされた。

智宏は感極《かんきわ》まって、最後まで言えずに泣き出す。

「バカ、泣くな」

レオンは智宏にこれ以上苦痛を感じさせないよう、ゆっくりと優《やさ》しく彼の体を突き上げる。

智宏は、些細《ささい》な動きにも過剰《かじょう》に反応して甘い声を上げた。

土砂降《どしゃぶ》りは一向に止《や》まない。

「いくらでもくれてやるから、俺を感じろ」

「ん。……レオン……っ……気持ちいい……っ……俺もう……頭がおかしくなる……っ！」

「俺もだ、トモ。トモヒロ……お前の中は、ねだるように俺を締《し》め付ける…」

二人が動くたび、濡れた体と繋《つな》がり合った場所から淫《みだ》らな音が響《ひび》く。

土砂降りのカーテンに遮《さえぎ》られただけの小さな空間で、智宏はレオンに深く貫かれて一度目の放出を迎《むか》えた。

「あ……ご、ごめん……俺だけ……」

智宏の吐精《とせい》は二人の下腹と体毛を濡らし、コンクリートにしたたり落ちる。

「気にするな。このまま、もう一度イカせてやる」

レオンは彼の額にキスをして、一旦《いったん》自分自身を引き抜いた。

「え……？」

「壁《かべ》に手をついて。少しかがんで。そう…腰をもう少しこっちに向けて」

智宏はレオンに言われるままひんやりとしたビルの壁に手をつき、腰を彼に向けた。

誘っているとしか思えない格好に、「初めてなのに…こんなこと」と羞恥心で目がくらむ。

「やっと素直《すなお》になったな、トモ。可愛《かわい》いよ」

レオンは智宏の腰を両手で摑《つか》み、再び雄を挿入《そうにゅう》した。智宏はレオンを深く受け入れる体勢に、圧迫感《あっぱくかん》を感じて浅い息を吐《は》く。

「トモ。ここでも俺の指を感じてくれ」

レオンはゆるゆると腰を動かしながら、ぐっしょりと濡れて体に張り付いていた彼のTシャツを、両手でたくし上げる。そして、露《あらわ》になった胸の突起《とっき》を左右同時に責め出した。

「あ…あっ…あぁ……っ！　や……っ……そこ……痛い……っ」

「本当に痛いのか？　こうして摘《つま》んで、つよく引っ張ってやると……」

レオンは右手で智宏の胸の突起を愛撫しながら、左手で彼の雄《おす》を包み込む。そこは既《すで》に勃ち上がり、白濁《はくだく》の混じった液体を溢《あふ》れさせていた。

「ほら、トモ。こんなに感じてる」

「も……恥ずかしい……から……っ……レオン……やだ……っ」

「大丈夫。トモだけに恥ずかしいことはさせない。二人で一緒《いっしょ》に、うんと恥ずかしいことをしよう」

レオンは左手を智宏の胸に戻《もど》し、再び両手の指で彼の胸を優しく弄びながら、徐々《じょじょ》に激しく突き上げる。

「や、や…っ……あぁぁぁあぁ…っ！」

恥ずかしくてたまらないのに、体の奥から快感の波が押し寄せ、僅《わず》かに残っていた智宏の理性を押し流していく。

二人は恥知《はじし》らずな獣《けもの》のように、土砂降りの中、何度も何度も精を吐き出し続けた。

「なんでもっとこう…上手《うま》くことを運べないんだ。お前は」

熱いシャワーを浴び、バスローブ姿になってリビングに現れた智宏に、紗霧の辛辣《しんらつ》な声がかかる。

「申し訳……」

「バカっ！『順調に任務に就《つ》いております』と報告したあと、休憩《きゅうけい》室でコーヒーを飲みながらテレビを見ていた俺は、目玉が飛び出て破裂《はれつ》するかと思ったぞっ！『あれ、村瀬じゃん』『なんでスーツじゃないの？』『うわー目立っちゃって』と、同僚《どうりょう》に笑われた俺の立場はどうなるっ！　いや、それはまあいい。俺には実績があるからどうにでもなる。問題はお前だっ！　あそこまで大々的にバレたら、行動予定表を出さなかったことが響くぞっ！　しかもクライアントを危険な目に遭《あ》わせたっ！　あんなに辛《つら》い思いをして研修を乗り切ったのに、減給内勤になりたいのかっ！」

紗霧がここまで感情を露にして怒《おこ》るところを、初めて見た。

智宏は恐縮《きょうしゅく》するよりも先にびっくりして、口をぽかんと開けてしまう。

「それだけじゃない。ロランさんはお前と会社を本気で訴《うった》える気でいるぞ？　会社がどこまでお前を守ってくれるか、俺には見当がつかない。なにせこんな不祥事《ふしょうじ》は初めてだからな。前例がないんだ。……ったく、監督《かんとく》不行き届きで俺も出廷《しゅってい》だ」

「さ……裁判？」

「そうなったら、二度と彼に近づくことはできない」

「そう……ですか……」

呟《つぶや》いた途端《とたん》、智宏はその場にへなへなと座り込んだ。

これはマミちゃんのせいなんかじゃない。俺が悪いんだ。俺が自分で招いた結果だ。せっかくレオンの気持ちを素直に受け入れたのに……っ！

座り込んだままぴくりともしない智宏に、紗霧は慌《あわ》てて駆《か》け寄る。

「おい村瀬。しっかりしろ。釈明《しゃくめい》の時間がないわけじゃない。ロランさんに事情を説明する前に、まずは理論武装して……」

「俺……レオンとアメリカに行くって……決めたのに……」

智宏は顔を上げ、紗霧に涙と鼻水でぐしゃぐしゃになった顔を見せた。

「ずっと……一緒にいるって……約束した……」

「村瀬」

「先輩《せんぱい》……俺……レオンと……全部……越《こ》えちゃった……」

紗霧は最初、智宏が何を言っているのか分からず眉《まゆ》を顰《ひそ》める。だがすぐに「何」を「越えた」のかを理解した。

「でももう……レオンと一緒にいられない……っ……ボディーガード失格……っ」

「ちょっと待て」

「俺を信じろって……レオンは……俺を信じろって言って……くれたのに……軽率《けいそつ》な行動で……全部……台無し……っ」

マミちゃんにビデオカメラで腕《うで》を叩《たた》かれたときよりも痛い。腕じゃなく、心が痛い。苦しい。

智宏はバスローブの上から胸を押さえ、鼻をすすった。

紗霧は、臆面《おくめん》もなくしゃくり上げる智宏の肩《かた》を優しく叩く。

「だったら、最後までレオンさんを信じろ」

「え……？」

「彼を信じろと言ったんだ」

「でも……」

「お前のレオンさんに対する気持ちは、全部嘘《うそ》か？」

「ち、違《ちが》う……」

智宏が涙《なみだ》と鼻水を飛び散らせて首を左右に振《ふ》ったとき、渦中《かちゅう》の人がバスタオル一枚というセクシーな姿で現れた。

「トモっ！　トモヒロっ！　ロランを説得したっ！　お前と会社を訴えることはないっ！　そ

して今まで通り、お前は俺から一秒たりとも離《はな》れずにボディーガードをしろっ！　命令だっ！」

仁王立《におうだ》ちで言い切ったレオンの後ろから、いろんな意味で顔色の悪いロランが、よろめきながら現れる。彼の手には、レオンが『これは俺の宝にする！』と言った『ブラッド・チョーカー』の、高価なフィギュアが入った箱が抱《だ》きしめられていた。

「もう……参ったよ。レオンの熱意には。よほど村瀬君と馬が合ったらしい。まあね……ボディーガードはクライアントのわがままを聞かなければという辛い立場であるしね。それと……」

ロランは倒《たお》れ込みそうになったところを、レオンの腕に支えられて言葉を続けた。

「村瀬君。君はずいぶんマニアックなフィギュアの店を知っているそうじゃないか。この腹痛が治ったら、是非《ぜひ》とも私をその店に連れて行ってくれ。レオン関係のフィギュアを買い占《し》めたい。……それと高中君。明日の午後、ホテルでレオン来日の記者会見を開くから。ボディーガードをよろしく」

ロランはそれだけ言うと、弱々しい微笑《ほほえ》みを浮《う》かべて「トイレ、トイレ」と呟きながら部屋を出た。

智宏は、自分の身に何が起こったのか把握《はあく》できずに呆然《ぼうぜん》と鼻水を垂らした。

「これからの観光は大変だ。どこに行っても人だかり。だが俺がお前以外の人間に笑いかけても、絶対に怒るな？　その微笑みは単なるスタイルだ」

レオンは智宏の前にしゃがむと、力任せに抱きしめる。

「え……？　でも……なぜ……？」

「私も、あんなに怒っていたロランさんを、どう説得されたのか知りたいのですが……」

紗霧も彼らに付き合ってしゃがみ込み、首を傾《かし》げてレオンに尋《たず》ねた。

「ロランがフィギュアの箱を持っていただろう？　あれは、以前あいつがオークションで競《せ》り負けたものなんだ。負けたときは信じられないほど激怒《げきど》していて、宥《なだ》めるのに一週間もかかった。俺も本物を見たかったから、残念に思っていたんだが。なんと日本で発見するとは。プレミア価格で信じられないほど高価。カードを使わなければ手に入れることはできなかった。それをプレゼントしたら……ころっと態度を変えやがった。なんてエージェントだと思ったが、トモを助けるためには仕方がない。涙を吸って我慢《がまん》した」

気持ちは伝わりますが、正確には「涙を呑《の》んで」です。

紗霧は心の中でこっそり訂正《ていせい》し、安堵《あんど》の表情で頷《うなず》いた。

「ロランさんは、レオン第一主義のようですから。レオングッズは全部揃《そろ》えたいのでしょう。よかったな、村瀬。レオンさんの側《そば》にいられるぞ」

「先輩……っ」

智宏はバスローブで顔を乱暴にこすり、尊敬の眼差《まなざ》しで紗霧を見つめる。

「一度信じると決めたら、とことん相手を信じろ」

「はい……っ」

了解《りょうかい》。俺はレオンを信じる。何があっても、レオンについて行く。でも、守られるだけじゃなく、ちゃんとレオンを守ってやる。俺にはそのスキルがある。

智宏はレオンと紗霧を交互《こうご》に見て、幸せそうに微笑んだ。

「む……村瀬が笑ったっ！」

紗霧は慌てて後ろに飛び退《の》くと、自分が今見たものが幻《まぼろし》か否《いな》かを確かめるために、おそるおそる智宏を見る。

「うわ。やはり笑っている。……いい顔で笑えるじゃないか。『IA』は返上するか？」

「あの……自覚がないので、よく分かりません。俺は本当に笑っているんですか？」

「レオンさんの顔を見てみろ」

「へ？」

うわあぁあぁぁ〜。なんだこの、だらしない顔はっ！　俺の知っているレオンは、こんなみっともない顔はしないぞ、おいっ！

とにかくレオンは、百年の恋《こい》も一瞬《いっしゅん》で冷めてしまうほど、たるみきった、だらしのない顔をしていた。

「なんて……なんて可愛《かわい》らしいんだ。ああ神様ありがとう！　今までのトモは、怒った顔と泣いた顔と恥《は》ずかしがる顔しか見せてくれなかったっ！　だが今は違うっ！　これを天使の微笑《びしょう》と言わずして、何という！」

レオンは紗霧がいる前だというのに、智宏の顔中にキスの雨を降らせ、「愛している」と繰《く》り返す。

「私に見せつける必要は全くありませんので、早急に離れてくださいませんか？　たとえ美形でも、ごつい男同士が抱き合ってキスしている姿は見たくありません」

「はっ！　すいません、今すぐ離れますっ！」

智宏はキスを続けようとするレオンの体を突《つ》っぱね、勢いよく立ち上がった。

「トモ！　俺の愛は？」

「あとでいくらでも受け入れます。とにかく着替《きが》えてください」

「無表情に戻《もど》るな。微笑みながら同じ台詞《せりふ》をもう一度。はい、テイク2」

「バスタオルを腰《こし》に巻いただけですと、風邪《かぜ》を引きますから着替えなさい」

智宏はもうすっかりいつもの調子で、腰に手を当ててレオンを叱《しか》る。

「仕方がない。ここは引き下がろう。サギリ、今夜はしゃぶしゃぶが食べたいな。バトラーにそう言っておけ。それと、記者会見の前に髪《かみ》を整えるから、日本で一番腕のいいヘアデザイナーを呼べ」

「承知しました。すべてバトラーに伝えておきます」

紗霧は苦笑を浮かべて頷いた。

「ではトモ、十五分後に俺の部屋へ来い。昼寝《ひるね》の添《そ》い寝をしろ。いいな？」

レオンは智宏にウインクをして、バスタオル一枚姿で颯爽《さっそう》と自分の部屋に戻る。

「添い寝だって。どうする？　村瀬」

「クライアントの要望は、出来る限り満たさなければなりません」

「ほう。言うようになったな、お前も」

「素晴《すば》らしい先輩に師事しましたから」

智宏は冷静な表情で言ったあと、照れくさい笑みを浮かべた。


しゃぶしゃぶの代わりに、腹に優《やさ》しいおかゆを食べたおかげか、それとも日本の薬が穏《おだ》やかに効いたのか、ロランは翌日復活した。

「さーて、さて、さて！　バレてしまったら仕方がないっ！　ここは一つ、レオン関連の商品が一つでも多く売れるように、アピールしながらの観光と行こうっ！」

「分かったから、黙《だま》って飯を食え」

パスタに子羊のソテー、リゾットに温野菜と、昼食のイタリア料理が所狭《ところせま》しと並べられたテーブルを前に、レオンは眉《まゆ》を顰《ひそ》めて呟《つぶや》く。

「もちろん食べるよ。しかしアレだね、レオン。スタイリストとヘアデザイナーも一緒《いっしょ》に連れてくればよかったね。今更《いまさら》言っても仕方がないか！　記者会見のあとは、日本の各界有名人を招いてのパーティーだ。でも心配ご無用。レオンを洗剤《せんざい》やハムのコマーシャルには出さないからね！」

黙って食事をしていた智宏は、お中元のハムを持って微笑んでいるレオンを想像し、肩を震《ふる》わせて笑いを堪《こら》えた。

「高級ブランドであれば出演するんですか？　以前、下着のポスターモデルをされましたよね？　日本でも、盗難《とうなん》が相次いだとニュースになりました」

「あ、そのポスターは私も持ってます。メーカーに直接問い合わせて、拝《おが》み倒して一枚頂きました」

言った紗霧と答えた智宏は、ロランが嫌《いや》な顔をしたので慌《あわ》てて沈黙《ちんもく》した。

「あの仕事はさせたくなかった。しかし……『マーク・パーシヴァント』系列の仕事だったから、断れなかった。下着一枚でもレオンは素晴らしいが、一人で写るのはちょっと。やはり、セクシーな女性と一緒でなければ！　こう……素晴らしい胸をした女性と……」

出た。アメリカのおっぱい星人っ！

胸に手を当ててうっとりと宙を見つめるロランに、紗霧と智宏は心の中で仲良く突っ込む。

「パーティーは何時までだ？　あまり遅《おそ》くなると、ナイトスポットに遊びに行けなくなる」

「今夜はだめだ」

「おい」

「私が、今後のスケジュールをしっかりと練っておいた。高中君、これを渡《わた》しておく。村瀬君と二人で、レオンに安全な経路を確保しておいてくれ」

ロランはスラックスのポケットから小さく折りたたんだ紙を取り出し、隣《となり》に座っていた紗霧に手渡した。

「承知しました」

紗霧はそれをジャケットのポケットに入れる。

「おいロラン。観光は二人で相談して決めようと言ったじゃないか。勝手に計画を立てるな」

レオンは温野菜のにんじんにフォークを突き立てて顔をしかめた。

「都庁見学と地下鉄乗車、新幹線、そして京都の舞妓《まいこ》さんとの記念撮影《さつえい》はしっかり入ってる」

「ボディーガード同行だな？」

「彼らに同行してもらわなかったら、私たちが大変なことに……」

「だったらいい」

智宏と離《はな》ればなれにならずに済むなら、レオンは何も言わない。

フォークを突き刺《さ》したにんじんを頰張《ほおば》り、軽く頷いた。

「手配はこちらでしましょうか？」

「ああ。全《すべ》てガーディアン・ローブにお願いするよ。でもねえ、よく考えたら今回のボディーガードはガーディアン・ローブに依頼《いらい》してよかったと思うよ。これからはレオンと一緒にカメラに映る機会が増えるだろう？　レオンの横に美しくない生物を並べたくない。アクターたちの評判だけでボディーガード会社を選んでしまったけれどね。結果オーライ。まさに、嬉《うれ》しい備えだ」

「ロランさん。それはもしかして『備えあれば憂《うれ》いなし』ですか？」

紗霧が尋《たず》ねる横で、智宏が「使い方を間違《まちが》ってるし、意味不明です」と冷静に突っ込む。

「違うのか？　レオンから習ったんだけど……」

ロランはレオンに視線を向けるが、当の本人は無視して料理に夢中だ。

「ま、いいか。君たちの前でしか言わないし」

それがいいと思います。

二人のボディーガードは生ぬるい微笑《ほほえ》みを浮《う》かべて、深く頷いた。


智宏は、ヘアデザイナーに髪をセットしてもらっているレオンをうっとりと見つめていた。

外見はまったくの無表情だが、とにかく彼の気持ちはうっとりしていた。

ああ、これだよ！　やっぱりスターはこうでなくちゃっ！　蜂蜜《はちみつ》の海のような輝《かがや》く髪。宝石のような青い瞳《ひとみ》。オーダーメイドの上品なスーツ。綺麗《きれい》なのに男らしくて、笑うと子供のような顔になる。手足は長いし。椅子《いす》に座っているだけなのに光って見える。眩《まぶ》しくてサングラスをしたいぐらいだ。もう何というか……スターにしかなれない男だよなあ。あとで一緒に写真を撮《と》ってもらおう。

智宏は「ファンの気持ち」で、そんなことを思う。

「終わりました」

最初はレオンの髪を触《さわ》るだけで指を震わせていたヘアデザイナーは、今は体全体に満足感を滲《にじ》ませていた。

「ご苦労様です」

「こちらこそ、素晴らしい時間をありがとうございました」

「thank you」

レオンはヘアデザイナーに微笑んで立ち上がる。彼は真っ赤な顔で照れ笑いを浮かべると、仕事道具の入ったボックスを持ってレオンの部屋から出て行った。

「抱《だ》きしめてキスをしたいが、セットが乱れるとロランに怒《おこ》られる」

「私も怒ります。だから……」

智宏は、自分の顎《あご》を摑《つか》んでいるレオンの手を摑み、その手の甲《こう》にキスをした。

触《ふ》れるだけのささやかなものだったが、レオンの愛の炎《ほのお》を燃え上がらせるのに十分な「油」だった。

「トモっ！」

レオンは感動に瞳を潤《うる》ませ、智宏の体をいきなり抱きしめる。

「お前がいなければ、俺の世界は暗黒だ。俺の太陽、俺の愛天使。この世界は俺とお前を中心に回っている……っ！」

「せっかくセットしたのにっ！　スーツも皺《しわ》になりますっ！」

「そんなことはどうでもいい……っ！」

「どうでもよくないと思いますが？」

毎度毎度、タイミングがいいのか悪いのか、紗霧は彼らの不埒《ふらち》な現場を目撃《もくげき》してしまう。

「記者会見場の準備ができあがりました。入り口で厳重にチェックしたので、不審者《ふしんしゃ》はいません。ロランさんはすでに会場でスタンバイしています」

「サギリ。あと十分、後ろを向いていろ。その間に俺は、トモへ熱いキスを……」

「髪の乱れを直す方が先ですっ！」

智宏は真っ赤な顔でレオンから離れ、彼の乱れた前髪《まえがみ》を搔《か》き上げた。

「……どうしてトモは、こんなに可愛《かわい》いんだろう」

「それはあなたが、私を愛しているからでしょう？」

「トモは？　俺のことを愛してる？」

「ええと……その……つまり……」

レオンに問い返されて、智宏は真っ赤な顔で俯《うつむ》く。

この、はた迷惑《めいわく》なバカップルめ。

紗霧は心の中でサックリ突《つ》っ込み、呆《あき》れ顔で彼らを見つめた。

「そろそろ会場に向かいましょう」

「……俺は英語しかしゃべらないぞ」

「村瀬が通訳をします」

「Excellent」

そんな……俺がレオンの通訳だなんてっ！　レオンの斜《なな》め後ろに座って、レオンの言葉を代弁するなんてっ！　俺がレオンの大ファンだと知れたら、世界中のファンに呪《のろ》い殺されるっ！

だが智宏の顔は、嬉しさでニヤニヤと緩《ゆる》む。

「村瀬、気持ち悪い」

「はっ！　申し訳ありません」

智宏はすぐさまいつもの無表情に戻《もど》ると、レオンの髪を手ぐしで整えた。

「通訳をするボディーガードは初めてだ」

「少数警護の場合は、『何でも屋』になることが多いです。私は一度、ベビーシッターをさせられました」

レオンどころか智宏までが「へえ」と感心する。

「お前まで感心してどうする」

「いえ……先輩《せんぱい》がベビーシッターをしているところが想像できなくて……」

「想像しなくていい」

紗霧は眉《まゆ》を顰《ひそ》めると、「行きますよ」と言ってドアに向かった。

彼のあとに続く智宏の耳に、レオンがそっと囁《ささや》く。

「お前は俺の世話だけを一生しろ。命令だ」

「承知しました」

ひゃーっ！　どこまでもお供しますって！　どこまでもついて行きますって！

智宏は心の中をピンク色に染め、冷静に言い返した。

緊急《きんきゅう》記者会見のわりには記者席は満員で、会場となったホテルのセレモニーホールは記者とカメラマン、そして機材で埋《う》め尽《つ》くされていた。

ロランが指示を出したのだろうスポットライトは、レオンの金茶の髪が一番綺麗に輝く位置に設置されている。

会見テーブルの両脇《りょうわき》には様々な色の薔薇《ばら》が飾《かざ》られ、場をいっそう華《はな》やかにしていた。

「日本に来た理由と、DVDの宣伝と……あとは何を話せばいいんだ？」

「記者の質問に答えればいいと思います」

「トモに会うために日本に来たと言ってやろうか？」

「それを言ったら最後、私がレオンファンに大変な目に遭《あ》わされるので、勘弁《かんべん》してください」

「二人だけの秘密か。一生二人で共有する、薔薇色の秘密。ロマンティックで……」

レオンはロランの姿を確認《かくにん》して、口を閉《と》ざした。

レオンは百匹《ひゃっぴき》ほど猫《ねこ》を被《かぶ》り、優美な微笑みを浮かべながら記者たちの質問に答えていく。

プライベートな質問はジョークを効かせた台詞《せりふ》ではぐらかし、記者たちを笑わせた。

「最後に、テレビであなたの姿を見ているファンに、メッセージをお願いします」

智宏がそれを英語に訳して伝える。レオンは軽く頷《うなず》いて、ロランから「カメラを見るときは、あのカメラ」と教えられた一台のカメラに視線を向けた。

自分が一番映《は》えて見える角度で、レオンはカメラに微笑む。そして、通訳として控《ひか》えていた智宏の耳に何かを囁いた。

智宏は一瞬《いっしゅん》表情を強《こわ》ばらせるが、すぐ無表情に戻って彼の言葉を伝える。

「まだ滞在途中《とちゅう》ですが、すでに私は日本に夢中です。帰国するころには、この国を離れがたく思うでしょう。日本のファンへ、私から感謝と愛を贈《おく》ります」

言っている自分の唇《くちびる》がくすぐったい。智宏は赤面したいのを堪《こら》えて、レオンの言葉を「通訳」した。

レオンは最後に、記者とカメラに向かってウインクとキスを贈る。

その仕草に女性記者は頬《ほお》を染め、男性記者は「スマートだよな」と感心した。

カメラのフラッシュに見送られて会見場をあとにしたレオンは、魂《たましい》が抜《ぬ》け出るような長く深いため息をつく。

「お疲《つか》れ様。いつものことながら、君の『演技』は素晴《すば》らしい。これから屋上の庭園でパーティーだ。飲み過ぎて羽目をはずすなよ」

　ロランは頰を緩ませてレオンの肩《かた》を叩《たた》くと、一足先にパーティー会場へ向かった。

「俺よりも、トモの演技の方が素晴らしかったな。よく咄嗟《とっさ》に、あの『台詞』が出たもんだ」

「レオンファンに袋叩《ふくろだた》きに遭いたくありませんから」

　意地の悪い笑《え》みを浮《う》かべるレオンの横で、智宏は眉を顰めて呟《つぶや》く。

「もしやそれは、最後の台詞のことを言っているんですか？」

「鋭《するど》いな、サギリ。正解だ。俺は『ファンも大事だが、それより大事なのはトモだ。俺はトモに夢中で、片時も離《はな》したくないと思っている。きっとみんなら、俺の気持ちを分かってくれるだろう？』と言った。それなのにトモは、全く違《ちが》うことを言いやがった」

　紗霧は気の毒そうな顔で智宏を見た。智宏は真っ赤な顔で「俺は間違っていない」と首を左右に振《ふ》り、先輩に同意を求める。

　紗霧はいたいけな後輩《こうはい》の視線から目を逸《そ》らし、「あの場合は、まあ」と曖昧《あいまい》な返事をする。

「俺は一旦《いったん》部屋に戻って、パーティーが始まって三十分ほどしてから登場する。主役は遅《おく》れて登場するのが当然だ」

　会見での上品な腰《こし》の低さはどこへやら、レオンは尊大な態度で智宏の手に自分の手を絡《から》めた。

「そういうものなんですか？」

「そうだ。だからサギリは、ロランにそう伝えろ」

「はい」

「それと……」

レオンは智宏と紗霧を交互《こうご》に見て、紗霧に視線を止める。

「俺が頼《たの》んでおいたものはどうなってる？」

「はい。今夜、パーティーが終了《しゅうりょう》する頃《ころ》に到着《とうちゃく》する予定になっています。到着次第《しだい》、レオンさんの部屋に伺《うかが》ってもよろしいですか？」

「許す」

レオンは満足げな笑みを浮かべ、紗霧の肩を叩いた。

先輩！　レオンが頼んだものってなんですか？　いつ頼んだんですか？　俺は何も聞かされていませんよ？　どうして先輩とレオンが秘密を共有するんですか？　レオンは俺の、その、アレなんですよ？　アレ。

智宏は心の中にもやもやとした黒い何かを抱《かか》えて紗霧を見たが、彼は智宏を無視した。


部屋に戻った途端《とたん》、レオンは着ている服を脱《ぬ》ぎ捨てながらマスターベッドルームに向かう。

そのスーツでも十分格好いいのに、パーティー用に着替《きが》えるのか？　もしかしてタキシードを着るとか？　うわーっ！　そうしたら、絶対に一緒《いっしょ》に写真を撮《と》るっ！　そしてできあがった写真にサインしてもらおうっ！

智宏はレオンが脱ぎ散らかした服を拾い上げながら、タキシード姿のレオンに思いを馳《は》せる。

「トモ。お前もさっさと脱げ」

「は?」

「俺が何も考えずに服を脱ぐと思っているのか?」

「いや……パーティー用のスーツに着替えるのかと」

「バーカ」

「バカ」と言われるより「バーカ」と言われる方が腹が立つのはなぜだろう。智宏はしかめっ面《つら》でレオンを睨《にら》んだ。

「でも、そんな鈍感《どんかん》なトモも可愛《かわい》い」

レオンは智宏の頬に音を立ててキスをすると、彼を抱《だ》き上げてマスターベッドルームのドアを足で蹴《け》る。

「レオンっ! 俺は仕事中っ!」

「お前の仕事は、俺の側《そば》にいることだ」

「き、昨日の今日だっ! 二日続けて突《つ》っ込まれたら、痛くて歩けないっ!」

「突っ込むだけがセックスじゃないぞ」

智宏の必死の叫《さけ》びを、レオンはするりと避《さ》けた。

「抱きしめ合ってキスをする。指と唇だけでも満足できると思うんだけど」

「き……昨日までは……突っ込むことに命をかけていたくせに」

智宏は優《やさ》しくベッドに下ろされたにも拘《かか》わらず、悪態をつく。

「うん。トモを完全に自分のものにしたかったからな。でも今は余裕《よゆう》。いろんなことを教えて、もっとセクシーな体にしてやりたい」

「俺的には、もう十分『せくしー』になった」

レオンはがっかりした顔をして、首を左右に振った。

「俺が触《ふ》れただけで、『いやん』と言いながら腰抜《こしぬ》けになってもらわなければ」

「それを言うなら、『腰砕《こしくだ》け』」

鋭く突っ込まれても、レオンは動じない。彼は上半身裸《はだか》のまま智宏に覆《おお》い被さると、彼の耳をそっと噛《か》んだ。

「ん……っ」

「俺のために、もっと敏感《びんかん》な体になれ。命令だ」

レオンはスラックスの上から智宏の下肢《かし》を撫《な》で、そこの変化を楽しむように柔《やわ》らかく揉《も》む。

「む……無理……」

「無理じゃない」

「だめ……っ……これから……パーティー……」

「こっちは主役なんだ。待たせておけばいい」

レオンは智宏の唇や頬にキスを繰《く》り返し、彼の体から力が抜けるまで股間《こかん》を揉んだ。

布の上からの愛撫《あいぶ》は優しくてもどかしい。智宏は目尻《めじり》を真っ赤に染めてレオンにしがみつくと、おずおずと足を広げた。だがスラックスの上からの愛撫はしばらく止《や》まず、智宏はいやらしい動きをするレオンの指に弄《もてあそ》ばれ続けた。

「意地の悪い……触《さわ》り方は……っ」

「やめるよ。ここに染《し》みができる前に脱がしてやらないと。スラックスを汚《よご》して恥《は》ずかしがってるトモの顔は見たいが、それを他人には見せたくない」

レオンの指が、智宏のスラックスと下着を膝《ひざ》まで押し下げる。智宏もまた、レオンの下肢に指を伸《の》ばし、ファスナーを下ろして彼の硬《かた》く反り返った雄《おす》を握《にぎ》った。

「ん？」

「俺だけ……気持ちよくなるわけには……。俺たちは……」

「トモの指で俺を満足させてくれるのか？」

「と…当然……だ…っ」

レオンは目を細めて微笑《ほほえ》み、智宏の唇に自分の唇をそっと押し当てる。

智宏が大好きな触れるだけのキスを続けたまま、彼らは互《たが》いの雄を摑《つか》み、扱《しご》き、敏感な先端《せんたん》をこすり合わせて、快感で溢《あふ》れ出た透明《とうめい》な体液を混ぜ合わせる。

「ん……っ……ぁ…っ」

智宏は腰を突き動かし、甘い声を上げてレオンの愛撫に応《こた》える。レオンもまた、智宏のぎこちない指の動きに新鮮《しんせん》な快感を感じていた。

「そんなに……強く……扱かれたら……っ」

「早いぞ、トモ」

レオンは苦笑《くしょう》しながら、片手で智宏のジャケットを左右にはだけさせ、ワイシャツの上から胸の突起《とっき》を口に含《ふく》む。

「ああ……っ！」

強く吸い上げて舌でくすぐり、もう片方も同じように愛撫する。レオンの唾液《だえき》に濡《ぬ》れたワイシャツはうっすらと透《す》けて、淡《あわ》い色の突起が露《あらわ》になった。

「トモのここの色と一緒だ。昨日のように、俺に触られて鮮《あざ》やかな色になった」

レオンは智宏の雄を扱いていた指を、彼の敏感な先端に移動させ、そこを集中して責める。

昨日、さんざん指で弄ばれた胸の突起を、今度は舌で嘗《な》められ、唇《くちびる》に吸われ、歯で甘嚙みされる。

こんなところが感じるとは信じたくないが、智宏の胸の突起は、レオンがほんの少し触れただけで快感を得てしまった。

「あ、あ、あ……っ……レオン……そこだめ……っ……だめ……っ」

「こんな小さなところが一番感じるなんて、トモは本当に可愛い」

ワイシャツ越《ご》しに突起を強く吸われ、下肢の敏感な部分を嬲《なぶ》られる。

レオンの学習能力は素晴《すば》らしく、昨日のセックスで智宏でさえ知らない智宏の感じる場所を全《すべ》て把握《はあく》していた。

「あ…、あぁ……っ」

自分の些細《ささい》な愛撫に体全部で反応を示す智宏が可愛い。あまりに可愛くて、めまいがする。

「愛してるよ、トモ。俺の前で、もっと乱れてくれ」

智宏はレオンの雄を扱き、「や…」と言いながら腰を動かした。

「そう、もっと腰を振って。俺に見せつけるように。溜《た》まっている雫《しずく》をたくさん零《こぼ》してごらん」

「や……っ……も……もう……っ……レオン……俺……俺……っ」

智宏はレオンに視姦《しかん》されたまま、白濁《はくだく》した体液を迸《ほとばし》らせる。それは何度も続き、智宏がどれだけ感じていたかをレオンに教えた。

「もう少し我慢《がまん》を覚えてくれると、もっといい」

レオンは、自分の雄を掴んでいる智宏の手の上から自分の手を重ねて扱く。そして、すでに汚れている智宏の下肢に精を放った。

「……レオンだって……早いじゃないか」

智宏の掠《かす》れた悪態に、レオンは苦笑する。

「俺はお前に合わせただけだ」

「そうかよ。は、早くて……悪かったな」

智宏は体を横にして、レオンから顔を背《そむ》けて拗《す》ねた。その仕草が可愛らしくて、レオンはだらしない顔をしてしまう。

「拗ねるな。早いお前も可愛い。そのうち、俺が我慢の仕方を教えてやるから安心しろ」

「教えるじゃなく……苛《いじ》めるの間違《まちが》いじゃないか？」

「愛しているのに、苛めるわけがない」

苛めるか。可愛いトモをイカせないようにして、焦《じ》らしに焦らして泣かせる。それも少し魅力《みりよく》的だ。

レオンはそう思ったことを隠《かく》し、智宏の額に優しいキスをする。

「パーティー……」

「だめ。今のトモは『どうにでもして』って顔になってる。そんなセクシーな顔を他人に見せるものか」

「恥ずかしいことを言うな」

「本当のことだ」

レオンは、智宏の頬《ほお》に自分の額を押しつけ、「どうしようもないくらい愛してる」と囁《ささや》いた。

レオンと智宏にとって曰《いわ》く付きの、いや、感慨《かんがい》深い場所である庭園は、ささやかな間接照明と夜空の星に彩《いろど》られて、ゴージャスなパーティー会場へと変貌《へんぼう》していた。

報道陣《ほうどうじん》はシャットアウトで、各界の有名人たちだけがのんびりと懇談《こんだん》している。

そこへやっと、今夜の主役が現れる。

記者会見の時と違うスーツを着たレオンは、ロランに案内されて人々の輪に入った。

智宏は彼を視界に入れたまま、ソフトドリンクを飲んでのんびりしている紗霧の元に向かう。

「お前……」

紗霧はくんと鼻を鳴らして、「レオンさんと同じ匂《にお》いがする」と呟《つぶや》いた。

「一緒《いっしょ》にいれば、匂いくらい移ります」

「節操のないスターの世話は大変だな」

「何を言ってるんですか？　先輩《せんぱい》。……それよりも、レオンさんは先輩に何を頼《たの》んだのか教えてください。俺たちはチームでしょう？」

「大したことじゃない。どうしても早急に揃《そろ》えてくれと言われたものがあったから、揃えただけだ」

「どうして俺に頼まなかったんだろう」

「さあ。レオンさんに直接聞かなかったのか？　お前」

聞いてる暇《ひま》はありませんでした。

智宏は口を噤《つぐ》み、猫《ねこ》を被《かぶ》って微笑んでいるレオンを目で追う。

急遽《きゅうきょ》招待されただろうに、客たちはレオンを囲んで嬉《うれ》しそうに頬を染めていた。「通訳」はロランが務めているらしく、レオンは客たちの会話にワンテンポ遅《おく》れて答えていた。

あのゴージャスなスターが、俺がずっと側《そば》にいたい相手か。住む世界が違うってのに、俺も無謀《むぼう》だよな。でももう、卑屈《ひくつ》になったりしない。レオンを信じていればいい。

智宏が心の中を「乙女《おとめ》一色」にしていたとき、紗霧が無言で彼の腰《こし》を叩《たた》いた。

「いたっ。先輩、どうしたんですか？」

「あれを見ろ。俺は自分の目が信じられない」

「は？……うっ！」

マミちゃんがいるーっ！

二人は顔を見合わせ、「なぜ彼女がここに？」と頬を引きつらせる。

「このままでは、また大惨事《さんじ》に……」

「いや、ちょっと待て。以前と様子が違う」

とにかくレオンを守らなければと一歩踏《ふ》み出した智宏の肩《かた》を、紗霧は摑んで引き戻《もど》す。

恐怖《きょうふ》のマミちゃんは、可愛《かわい》らしいパーティードレスを着て、手にはビデオカメラの代わりに有名ブランドのミニバッグを持っている。それにしてもずいぶん大人しい。

「後ろにいるのは彼女の両親だな。以前経済新聞で見たことがある。……お前、マミちゃんに気づかれないように、そっとレオンさんの後ろに移動しろ。出しゃばるなよ」

「あ、はい」

智宏は水面を泳ぐ魚のように、するすると客たちの間をすり抜《ぬ》け、レオンとロランの背後に立った。

「マミちゃん発見です」

ぼそりと囁く智宏に、二人は小さく頷《うなず》く。

「でも、ほら、今日は大人しいんじゃ……って、こっちに来た。レオン、どうする？」

「どうするもこうするも、直接対決をするしかないだろう。それにトモがいる」

レオンの低く小さな声に、智宏は「お守りします」と頷いた。

自分で言って、格好いいっ！　レオンに信用されてるっ！　これって愛か？　愛だろう！

智宏は心の中で最高に盛り上がるが、その表情は冷静なままだ。

「あの……うちの娘《むすめ》が、大変ご迷惑《めいわく》をおかけしまして申し訳ございません」

「いかなる補償《ほしょう》もいたしますので、なんなりとおっしゃってください」

困ったちゃんの両親は、意外にも常識人だった。

「なにぶん父が、あの子を甘やかしておりまして……」

「義父《ちち》にもマミにも、私たちの苦言は全く伝わらないんです。このような華《はな》やかな場で私たちに会うことは不愉快《ふゆかい》だと思います。ですが、直接お会いして謝罪しなければと思い、恥《はじ》を忍《しの》んでやって参りました」

ぺこぺこと、本当に申し訳なさそうに、マミちゃんの両親はレオンたちに頭を下げる。

「いえ、もう済んだことですから。お気になさらず」

ホテルはタダになったし、レオンのアピールも成功したし、限定フィギュアも手に入ったし、気にしない気にしない。

ロランはレオンの代わりに日本語で言うと、にっこり微笑《ほほえ》んだ。

「ありがとうございます。マミもほら。レナードさんに謝罪しなさい」

「パパ、ママ。少しだけレオンと二人きりにしてくれる？　大丈夫《だいじょうぶ》。騒《さわ》いだりしないわ」

それはだめっ！

ロランと智宏は心の中で仲良く叫《さけ》ぶ。彼女の両親も「何を言っているの」と、オロオロした。

だがレオンは違った。

彼は軽く頷いて智宏に目線で合図すると、マミをエスコートして焼き杉《すぎ》のベンチに向かう。

傍《はた》から見れば美男美女のカップル。

だがその中身は、猫を山ほど被ったわがままな俺様と、超《ちょう》電波ストーカー女子だ。

彼らはベンチに腰を下ろし、じっと見つめ合う。智宏はベンチの後ろの茂《しげ》みに待機した。

「レオン。ああ本物のレオンが私の隣《となり》にいる。あの邪魔者《じゃまもの》が見えるのはしゃくに障《さわ》るけど、レオンのその宝石のような瞳《ひとみ》に免《めん》じて許してあ・げ・る」

「なぜそうまでして私を追いかけるのか、その小さな胸のうちを教えてくれませんか？」

「日本語がお上手……」

「私があなたの思いに応《こた》えられないというのは、あなた自身が一番知っているはずです」

レオンの低く甘い声に、マミは真っ赤に頬を染めてうっとりする。

智宏は「さすがは俳優！」と感心しながら聞き耳を立てた。

「私たちは前世からの恋人《こいびと》同士よ？　レオン。それが分かっていて、私に聞くの？」

レオンは彼女の右手をそっと摑《つか》み、手の甲《こう》にキスを落として寂《さび》しげな表情を浮《う》かべる。

「決して結ばれない、運命の恋人同士です。出会って恋に落ちても、非情な運命に引き裂《さ》かれる。あなたはその光景を、何度も夢に見たのではありませんか？」

「へ？……え、ええ！　そうですとも。私は見たわ。何度も夢に見たわ。涙《なみだ》ながらに引き裂かれる私たちの姿を……」

「今の世界でも同じです。私たちは決して結ばれることはない。だが…あるいは……生まれ変わってからなら……」

レオンは彼女の手を握《にぎ》りしめ、その瞳を見つめたまま「決して」に力を込《こ》めて言い、僅《わず》かに唇《くちびる》を震《ふる》わせる。

「だったら今すぐ死んで、一緒に生まれ変わりましょう！　本当はおじいさまにお願いして、レオンと結婚《けっこん》させてもらおうと思ったけど、そんな運命じゃ、結婚してもすぐに離《はな》ればなれになりそうでいやっ！」

これはヤバイ。

智宏は茂みから出ようとしたが、レオンが彼を手で制した。

「いけません。定められた寿命《じゅみょう》を終えてからでないと、生まれ変わっても出会うことすらできませんよ？　どうか堪《こら》えてください。私の愛《いと》しい人。遠いアメリカの地でも、私はあなたのことを思い続けます」

「そんな……そんなことがあっていいの？　なんて可哀相《かわいそう》な私たち。だったらレオン、私を心のハニーと呼んで」

「分かりました。これは私たちだけの秘密です。誰《だれ》かに言ってしまったら、この甘い秘密は無《む》惨《ざん》に砕《くだ》けてしまうでしょう」

「もちろんよ。永遠のダーリン。だからね……」

マミはミニバッグの中から甘い香水《こうすい》の香《かお》りがするハート形のミニ色紙とペンを取り出した。

「レオンって、滅多《めった》にサインをしてくれないじゃない？　だから『マミちゃんへ、あなたを愛するレオンより』ってサインちょうだい」

なんて現金なっ！　それより……愛する？　はは、愛するだって。愛するってなんだーっ！

智宏は飛び出していきたいのを我慢《がまん》して、両手の拳《こぶし》を力強く握りしめる。

「素敵《すてき》なマミ。君のためなら、たとえこの腕《うで》が壊《こわ》れようともサインを書き続けよう」

レオンは微笑みを顔に張り付かせたまま、英語で「マミちゃんへ。レナード・パーシヴァント」と書いた。わざと汚《きたな》い字で小さく書いたので、「あなたの愛する」は分からなかったが、「マミちゃんへ」がでかでかと書かれていたので、彼女は満足げに頷く。

「ああ！　これでさようならなのね……レオン」

「泣かないで、愛しい人」

「私、これからは陰《かげ》でそっと、大人しくあなたを見守るわ。心のハニーですもの。内助の功を示さなくちゃ！　日本女性の心意気をとくとごらんあれっ！」

マミは勢いよく立ち上がり、どさくさ紛《まぎ》れにレオンの頬《ほお》にキスをして両親の元へ走り去った。

「さすがは、助演男優賞。よくもまあ、歯の浮くような台詞《せりふ》を次から次へと言えたものです。私は感心しました」

「まあな。演技だからいいんだ。……よかった。あの子と結婚させられなくて……」

「よくない」

智宏はむっとした顔でスラックスからハンカチを取り出すと、レオンの左頬についた口紅の痕《あと》を乱暴にぬぐう。

「トモ、痛い」

「ぼんやりしているからキスされるんだ。ったく！」

「妬《や》いてる？」

「当然だ。俺はレオンの恋人だぞ？」

「愛してるよ」

「その台詞、今言われても心に響《ひび》かないから」

「じゃあ、ベッドの中で言おう」

ニヤニヤとだらしない笑みを浮かべるレオンの前で、智宏は眉《まゆ》を顰《ひそ》めながら彼のキスマークを必死に消した。

「ストーカー、もとい、熱烈《ねつれつ》なファンにはたまらない攻撃《こうげき》をしましたね」

屋上でのパーティー終了後《しゅうりょうご》、彼らはレオンの部屋に集まって、ワインとクラッカーで二次会を始めた。

「一種のショック療法《りょうほう》だな。シュガーベイビーズに使ったら『セックスして』となるから使えないけど。ある意味マミちゃんはピュアだった」

レオンはワインのコルクを抜いて、四つのグラスに赤い液体を注ぐ。

「私はもう、レオンに危害が加えられるんじゃないかと、心配で心配でたまらなかった。何事もなく終わってほっとしたよ」

「ロラン。ほっとするのはまだ早い。サギリ、俺が頼《たの》んでおいたものを寄越《よこ》せ」

「はい」

紗霧は、部屋に入ったときにチェストの上に置いていた茶封筒《ちゃぶうとう》を取り、それをレオンに渡《わた》す。

「一体なんですか？」

智宏は、茶封筒からレオンが取り出した書類を覗《のぞ》き、息を呑《の》む。

「先輩《せんぱい》っ！　こ、これって……こんなことが許されるんですか？　前例は？　それとも俺が前例になるんですか？」

智宏は大声で叫ぶと、気持ちを落ち着けさせるためにワイングラスを摑んで一気に中身を飲み干した。

「前例は結構ある。安心しろ」

「何を言ってるんだい？　二人とも。その書類の内容を教えてくれないか？　私はレオンのエージェントだ。彼がサインをする前に、確認《かくにん》する義務がある」

「『ガーディアン・ローブ日本支社／ボディーガード専属契約書《けいやくしょ》』です。レオンさんがその用紙にサインして、日本支社に受理された時点で、村瀬は彼の専属ボディーガードとなります。更新《こうしん》は一年ごとですが、申し立てがなければ自動更新となります。諸経費や待遇面《たいぐうめん》が詳《くわ》しく書かれていますので、しっかり読んで覚えてください」

紗霧は、あっけにとられるロランの前でワインを飲み、喉《のど》を潤《うるお》す。

「トモは俺の大事な恋人だ。手放す気はないぞ。ずっと側《そば》に置いておく。撮影《さつえい》ロケにも連れて行く。いいな？　ロラン」

「だ、だ、だってレオンっ！　そんなことをしたら……君はゲイだと……っ」

「この俺は、性的嗜好《しこう》のために職を失うような安っぽい男か！　俺はゲイではなくトモを愛しているんだっ！　ゲイだとしても、オンリーワンっ！　トモ以外の男は、俺の恋愛《れんあい》対象にはならないっ！」

ロランは何も言えず、ワインをラッパ飲みした。

「そんな……レオンが……エージェントとして……これは絶対に隠《かく》し通さなければ……レオンの将来が……」

彼はワインボトルを抱《かか》えたまま、その場にへなへなと座り込んだ。

「ロランさんは大げさですね。ガーディアン・ローブのボディーガードと専属契約を結んでいるセレブは、レオンさんのようなハリウッドスターを含《ふく》めて世界に大勢います。彼らは『ガーディアンズ・リング』というサークルに所属しています。これは強制加入ですので、レオンさんにも入会していただくことになりますね。村瀬はレオンさんの足を引っ張るどころか、彼の世界を広げてくれるでしょう」

　ガーディアン・ローブのボディーガードとクライアントは、太くて強い絆《きずな》で結ばれており、そしてその絆は、クライアント同士を「助け合いの輪」で結んでいる。

「俺……初めて聞きました」

「お前は新人だからな。指名クライアントを持っている社員は、みな知っている」

「『弔《つる》し』には関係ない世界、というわけですか」

「ああ。だがお前は、最年少で専属ボディーガードとなる。支社長が喜ぶぞ」

「は、はは……なんだか……実感が……」

　智宏はロランの横に座り込み、曖昧《あいまい》な笑《え》みを浮《う》かべながら彼からワインボトルを受け取る。

「これで実感がわくだろう」

　レオンは、サインをした「ボディーガード専属契約書」を智宏の前に差し出した。

「ああレオンっ！　私が確認をする前にサインをするなっ！　こっちに不利な条件があったらどうするっ！」

「たとえ俺に不利な条件があったとしてもっ！　トモを愛しているなら黙《だま》って頷《うなず》くのが男というものだっ！」

　レオンの大見得《おおみえ》に紗霧は「素晴らしい」と拍手《はくしゅ》をする。

「本当に……本当に……村瀬君を……専属にしちゃうのか……？」

「おう」

「ボスの判断を仰《あお》がなくては……」

「くどいぞロラン。超《ちょう》限定のクリスタルフィギュアをやるから納得《なっとく》しろ」

ああこの人は、俺たちが秋葉原から帰った時も、この手で無理矢理説得させたんだね……。

智宏はぼんやりとそう思ったが、「レオンだから、まあいいか」と納得してしまう。

「それは……とても心が惹《ひ》かれるが……うーん……私は敏腕《びんわん》エージェントだから……」

果てしなく心が揺《ゆ》り動かされているロランに、紗霧が耳寄り情報を言った。

「メディアの女帝《じょてい》と呼ばれているミス・キャサリンをご存じですか？　彼女の専属ボディーガードはガーディアン・ローブ本社の社員です」

押しの一手、鶴《つる》の一声。

それを聞いたロランは、勢いよく顔を上げ、「専属ボディーガードの件、了解《りょうかい》した！」とすがすがしい微笑《ほほえ》みを浮かべる。

「でもレオン。ゲイ関係は絶対に否定しろ。村瀬君も、レオンの立場を考えれば仕方のないことだと分かっているね？　何を言われても、徹底《てってい》的に否定すること」

「なんだよ、ロラン。了解したんじゃないのかよ」

「それはそれ、これはこれ。私はストレートで、ゲイには寛大《かんだい》じゃない。それに私は、君の未来にかけている。歩こうレッドカーペット、もらうぞ輝《かがや》くオスカー像だ。よし、高中君、エージェント側《がわ》の控《ひか》えを渡してくれないか。ボスに送信する。レオンは、専属ボディーガードマニュアルをしっかり読んでおくこと！　では皆《みな》さん、お休みなさい」

ロランは書類の控えを受け取ると、ハイになったまま去っていった。

まさに台風一過。

レオンと紗霧はほっと胸を撫《な》で下ろし、右手の親指を立てて互《たが》いの健闘《けんとう》を誉《ほ》める。

「当事者を置いてきぼりにしたまま……話が進んでいませんか？」

智宏はロランが残したワインボトルを握《にぎ》りしめて呟《つぶや》く。

「なんだ？　トモは俺と一緒《いっしょ》にアメリカに行きたくないのか？　そのために俺は、サギリに頭を下げて、書類を用意してもらったんだぞ？　サプラーイズ！　喜べ！　命令だ！」

「命令って……レオン」

「愛してる。ずっと俺の側にいろ」

レオンは智宏を抱《だ》き起こし、彼の頬《ほお》を愛《いと》しそうに両手で撫でた。

「それも命令？」

「違《ちが》う」

智宏は右手でレオンの頬を摘《つま》むと、おもむろに引っ張った。しかも思い切り。

「い……痛い……」

「夢じゃない。……夢じゃないっ！　俺はずっとレオンの側にいられるんだっ！　会社を辞《や》めて、身一つで行かなくていいんだっ！　就職はどうしようとか、考えなくていいんだっ！」

「お前は……そんな夢のないことを考えていたのか？」

「だってレオンっ！　レオンが俺を専属にしてくれるなんて、考えてもみなかった！　だからアメリカに行ったらちゃんと職を探さないと、レオンのヒモになっちゃうと思って！」

レオンに養ってもらおうと考えなかっただけ、誉めてやる。

紗霧はいろいろと突《つ》っ込みたかったが、今はあえて黙っていた。

「このオバカさんめっ！　なんてけなげなことを考えてたんだっ！　可愛《かわい》いったら可愛いったら可愛いっ！」

レオンは智宏の顔にキスをしまくり、智宏もそれを拒《こば》まず笑って受けている。

ホント。あーやだやだ、バカップル。

「まだ仕事は終わってないんだぞ、村瀬。浮かれるな」

「うわ……そうだっ！　観光はまだ続くっ！　ではレオンさん、お休みなさい。先輩、部屋へ戻《もど》りましょう」

智宏はすぐさま冷静な顔に戻ると、紗霧を残して部屋を出た。

「なんだ……？　おい。今のアレは……」

ほんの数秒前まで自分の腕《うで》の中にいたのは一体誰《だれ》だ？　なんですぐ無表情？　あんな可愛い顔で笑ってたのに……。

レオンは恨《うら》めしい思いを視線に乗せて、紗霧を睨《にら》む。

「ではレオンさん。また明日」

「なんでこうなる……？」

レオンは一人残されたリビングで、大声で怒鳴《どな》った。

ている。

振《ふ》り返ると、一ヶ月の滞在《たいざい》はあっという間だった。

どこから聞きつけたのか、空港にはレオンのファンが押しかけ、警備員たちと押し問答をし
「……一ヶ月前が懐《なつ》かしいよ」

VIP用の控え室で、ロランが呟く。

「まだ言うか、ロラン」

「こんなことなら、プロレスラーのようなボディーガードを雇《やと》えばよかった。そしたら向こうに帰っても『このキュートな東洋人は？』とか『ボディーガード？　恋人《こいびと》じゃないの？』とか言われなくて済むんだよー」

「よかったなトモ。お前は可愛いとロランも認めだぞ」

「ちっがーうっ！」

もう誰が悪いのか分からない。ロランは智宏を邪険《じゃけん》にすることもレオンを怒《おこ》ることもできず、紗霧にくだを巻き始めた。

「高中君も仲間だったんだろう？　とぼけた顔して酷《ひど》いよなあ」

「成り行き上、仕方がありませんでした」

「でも、途中《とちゆう》で軌道《きどう》修正できたんじゃないか？　村瀬君は君の後輩《こうはい》なんだしー」

紗霧は、レオンの後ろに立っている智宏を一瞥《いちべつ》し、首を左右に振った。

「可愛い後輩のために、軌道修正は控えました」

「なにそれ！　なーにそれっ！」

ロランは自分が年長者だということを忘れ、唇《くちびる》を尖《とが》らせて怒る。

そこに係員が現れ、搭乗《とうじよう》の時間を知らせた。

「村瀬、ちょっと」

紗霧は、レオンのあとに付いていこうとした智宏を呼び止める。

「へ？」

「彼の言うことを聞くのは、十回のうち三回ぐらいでいいぞ」

「適当に振り回してやれ。見ていて面白《おもしろ》いから」

「それは先輩の経験からですか？」

「ノーコメント」

「そういうことにしておきます」

智宏は笑顔で頷いた。

「あーっ！　その顔は、俺にだけ見せろと言っただろう？　たまにしか笑えないんだからもったいないっ！　今の笑顔を返せ！　サギリっ！」

めざといレオンは、慌《あわ》てて智宏を背中から抱きしめ、紗霧から引き離《はな》す。

「先輩後輩の別れの挨拶《あいさつ》です。邪魔《じゃま》をしないでください」

「お前もお前だ。絶対に俺の側《そば》から離れるなっ！　俺が寂《さび》しいっ！」

その言葉を聞いたロランが、ドアを開けようとして失敗し、頭をぶつけた。

「ところで、今まで聞けずにいたのですが、なぜレオンさんは『レオン』と呼ばれているんですか？」

その問いには、智宏が答えた。

「レオンは子供の頃《ころ》、ドイツ語の家庭教師から『レオンハルト』と呼ばれていたんです。レナードはドイツ語で『レオンハルト』と言うでしょう？　今まで彼をレナードと呼んでいた家族は、それを聞いて『レオンっていいわね』ということになって、愛称《あいしょう》として落ち着いたんです。ファンクラブの会報に、『レオンの由来』という項目《こうもく》があって、そこに書いてあります。コピーでよろしければアメリカから送りますよ？　先輩」

冷静な表情で一気にまくし立てた智宏に、レオンが「もういい」と苦笑《くしょう》する。

「え？　でもこういうことはしっかり説明しておかないといけません」

「お前は俺のファンだという前に、俺の恋人なんだ。ファンクラブの会長みたいな偉《えら》そうな顔で語るな」

「それは……」

「これから長いフライトで、思うようにお前を抱きしめられない」

「レオン……」

「愛してるよ、トモ」

レオンは智宏を抱きしめてキスをする。智宏も少し背伸《せの》びをして、レオンのキスに応《こた》えた。

くどいようだが、バカップル。

紗霧は苦笑して後ろを向き、ロランは「ゲイなレオンは私のレオンじゃない」と項垂《うなだ》れた。

かくして、クライアントとボディーガードのバカップルは、有能な先輩に見送られ、新たな愛をはぐくむために広大な海を越《こ》えた。

あとがき

ルビー文庫では初めまして。高月まつりと申します。


担「先生、ボディーガードものとかよくないですか？」

高「ボディーガードが受けなら、凄《すご》くいいですねっ！」

「それじゃあ、このネタで行きますか」と打ち合わせが終わった帰り道に、編集さんが言った一言でできた話が、これです。

（その後、「打ち合わせの意味が…」と二人で力ない微笑《ほほえ》みを浮《う》かべました）

んで、一気にキャラ設定やプロットを立てて、データ送信したまではいいです。問題はその後に起きました。

攻《せ》め様は外国人で、名前がちょっと長かったのです。しかも、愛称《あいしょう》がつかない。

なので、少し時間をもらって「レナード／愛称レオン」へと変更《へんこう》しました。

「ベタな愛称だな……」と思いましたが、キャラが濃《こ》いのでまあいいかと（笑）。

でも、よくよく考えてみると、受けも濃い。

というか、変。レオンマニアなんだもん。秋葉でフィギュアを買いあさったり、コネを使ってワールドプレミアに行っちゃったりするような受け。智宏、お前の人生はそれでいいのか？と、私は書きながら彼の人生に不安を感じました。

勤める会社も、美形しかいないボディーガード会社。いや、これはこれでいいのか。要人を守るために、鍛《きた》えられたしなやかな筋肉を持つ美形ボディーガード。ステキです。でも私は、「ホストクラブかよっ！」と、何度も心の中でシャウトしましたね……。

レオンはレオンで、ゴージャス・スター。

しかも「俺様レオン様」なお方で、オスカー俳優。まだ若いから、獲《と》れても助演が妥当《だとう》ではないかと。イギリス系お坊《ぼっ》ちゃんが、頑張《がんば》って出世しました。

映画のタイトルを考えるのも楽しかったです。それと、もし万が一、同じタイトルの映画があっても無関係ですので、ひとつよろしく。

きっと今頃《いまごろ》は、二人揃《そろ》ってアメリカで楽しく暮らしているんだろうな。

智宏は「先輩《せんぱい》、醤油《しょうゆ》の味が日本と違《ちが》うんです……」と紗霧に電話して「このバカ。時差を考えろ」と怒《おこ》られつつも、日本の醤油とみそを送ってもらってたりして。

「冷たいライスボールなのにスシじゃないのか?」と愕然《がくぜん》とするレオンに、強引におにぎり(しかも具は梅干し)を食べさせたり。ガーディアン・ローブの本社社員から「ちっちゃくて可愛《かわい》い」と子猫《こねこ》ちゃん扱《あつか》いされたり。妄想《もうそう》は限りなく広がっていきます。ヤバイです。

イラストを描《えが》いてくださった蔵王さん、ありがとうございました。蔵王さんとは何度かご一緒《いっしょ》に仕事をさせていただいてます。ありがたいことです。ラフを見て「レオンがめっちゃ俺様!　しかも智宏がこうきたか!」と、しばらくだらしない微笑みを浮かべました。

お仕事をくださり、鈍《のろ》い原稿《げんこう》を待ってくださった編集A様、ありがとうございました。穏《おだ》やかながらもせっぱ詰《つ》まった電話口の声が、未《いま》だに忘れられません。その節は、大変ご迷《めい》惑《わく》をおかけしました。ゴメンナサイ。

それでは。また次回作でお会いできれば幸いです。

ボディーガードは口説《くど》かれる
高月《こうづき》まつり

角川ルビー文庫 R105-1　13892

平成17年8月1日　初版発行
平成18年7月15日　4版発行

発行者——井上伸一郎
発行所——株式会社角川書店
東京都千代田区富士見2-13-3
電話/編集(03)3238-8697
営業(03)3238-8521
〒102-8177 振替00130-9-195208
印刷所——旭印刷　製本所——千曲堂
装幀者——鈴木洋介

本書の無断複写・複製・転載を禁じます。
落丁・乱丁本はご面倒でも小社受注センター読者係にお送りください。
送料は小社負担でお取り替えいたします。

ISBN4-04-451201-9　C0193　定価はカバーに明記してあります。

©Matsuri KOUZUKI 2005　Printed in Japan

KADOKAWA RUBY BUNKO

角川ルビー文庫

いつも「ルビー文庫」を
ご愛読いただきありがとうございます。
今回の作品はいかがでしたか？
ぜひ、ご感想をお寄せください。

〈ファンレターのあて先〉

〒102-8177 東京都千代田区富士見2-13-3
角川書店 アニメ・コミック編集部気付
「高月まつり先生」係

——デザートは、これからだ。
歯科医は愛を試される
水王楓子
イラスト/桜城やや
パティシエの飛鳥は、幼なじみでライバルの
歯科医・桂史郎と同居することになり…!?
ルビー文庫

水壬楓子
イラスト／西村しゅうこ
純愛は獣を変える
俺がいないと生きていけないって、ベッドで言わせてやるから、覚悟しろよ。
甥が壊した椅子の弁償のため、ワイルドな男・直丈の家で主夫として働くことにした八尋だが…!?
ルビー文庫

―俺のものになれよ、正親。
他の誰をも思えないほど、
愛してやる。
新入社員の正親は、憧れの超大物クリエーター・蒼一から、仕事のために一夜の相手を命じられ!?
真上寺しえ
イラスト/富士山ひょうた
したたかに甘く、君を奪う

ルビー文庫

めざせプロデビュー!! ルビー小説賞で夢を実現させよう!

第7回 角川ルビー小説大賞 原稿大募集!!

大賞 正賞・トロフィー
+副賞・賞金100万円
+応募原稿出版時の印税

優秀賞 正賞・盾
+副賞・賞金30万円
+応募原稿出版時の印税

奨励賞 正賞・盾
+副賞・賞金20万円
+応募原稿出版時の印税

読者賞 正賞・盾
+副賞・賞金20万円
+応募原稿出版時の印税

応募要項

【募集作品】 男の子同士の恋愛をテーマにした作品で、明るく、さわやかなもの。
未発表・未投稿のものに限ります。
【応募資格】 男女、年齢、プロ・アマは問いません。
【原稿枚数】 1枚につき40字×30行の書式で、65枚以上134枚以内
（400字詰原稿用紙換算で、200枚以上400枚以内）
【応募締切】 2006年3月31日
【発　　表】 2006年9月(予定)＊CIEL誌上、ルビー文庫刊巻末にて発表予定

応募の際の注意事項

■原稿のはじめに表紙をつけ、**以下の2項目を記入してください。**
①作品タイトル（フリガナ）　②ペンネーム（フリガナ）
■1200文字程度（400字詰原稿用紙3枚）のあらすじを添付してください。
■**あらすじの次のページに、以下の7項目を記入**してください。
①作品タイトル（フリガナ）②ペンネーム（フリガナ）
③氏名（フリガナ）④郵便番号、住所（フリガナ）
⑤電話番号、メールアドレス⑥年齢
⑦略歴（応募経験、職歴等）
■原稿には通し番号を入れ、**右上をダブルクリップなどでとじてください。**
（選考中に原稿のコピーを取るので、ホチキスなどの外しにくいとじ方は絶対にしないでください）

■**手書き原稿は不可。**ワープロ原稿は可です。
■プリントアウトの書式は、必ず**A4サイズの用紙（横）1枚につき40字×30行（縦書き）**の仕様にすること。400字詰原稿用紙への印刷は不可です。感熱紙は時間がたつと印刷がかすれてしまうので、使用しないでください。
・同じ作品による他の賞への二重応募は認められません。
・入選作の出版権、映像権、その他一切の権利は角川書店に帰属します。
・応募原稿は返却いたしません。必要な方はコピーを取ってから御応募ください。
■**小説賞に関してのお問い合わせは、電話では受付できません**ので御遠慮ください。

規定違反の作品は審査の対象となりません!

原稿の送り先

〒102−8078　東京都千代田区富士見2−13−3
(株)角川書店アニメ・コミック事業部　「角川ルビー小説大賞」係